KB109478

네메시스

복수하는 여자들

네메시스 복수하는 여자들

초판 1쇄 발행 | 2022년 5월 11일
초판 2쇄 발행 | 2022년 6월 22일

지은이 | 한수옥·박소해·한새마·김재희
펴낸이 | 박영욱
펴낸곳 | 북오션

경영지원 | 서정희
편 집 | 고은경
마케팅 | 최석진
디자인 | 민영선·임진형
SNS마케팅 | 박현빈·박가빈

주 소 | 서울시 마포구 월드컵로 14길 62 북오션빌딩
이메일 | bookocean@naver.com
네이버포스트 | post.naver.com/bookocean
페이스북 | facebook.com/bookocean.book
인스타그램 | instagram.com/bookocean777
전 화 | 편집문의: 02-325-9172   영업문의: 02-322-6709
팩 스 | 02-3143-3964

출판신고번호 | 제 2007-000197호

ISBN 978-89-6799-673-4 (03810)

*이 책은 (주)북오션이 저작권자와의 계약에 따라 발행한 것이므로 내용의 일부 또는 전부를
 이용하려면 반드시 북오션의 서면 동의를 받아야 합니다.
*책값은 뒤표지에 있습니다.
*잘못 만들어진 책은 구입하신 서점에서 교환해 드립니다.

네메시스

복수하는 여자들

한수옥
-
박소해
-
한새마
-
김재희

" 죽어, 죽어, 죽어 버려. 내 인생을 망친 악마.
네가 태어나고 나에게는 단 하나도 좋은 일이라곤 없었어. "

산후우울증에 대한 여성작가 4인의 앤솔러지 소설집

Bookocean

Nemesis

차례

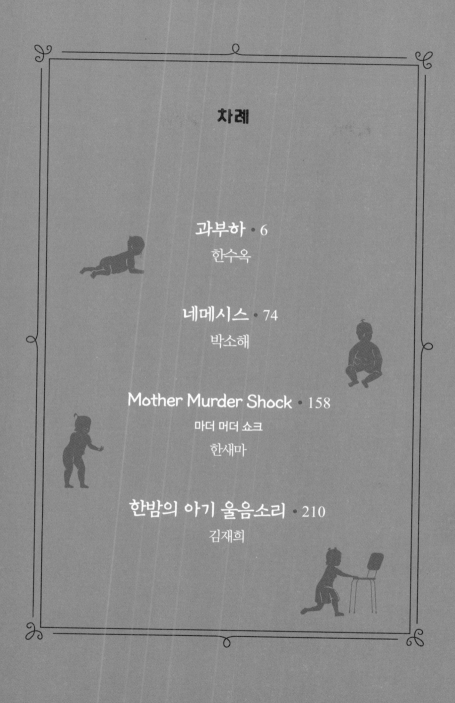

과부하

한수옥

1

대한민국에서 워킹맘으로 살아간다는 건 시간을 분초로 쪼개서 써야 한다는 말이다. 잠도 줄이고, 휴식도 줄이고, 여행은 고사하고 취미나 오락까지도 아예 포기하고 살아야 한다.

오늘도 승연은 알람이 울리자마자 떠지지 않는 눈을 억지로 뜨고 손을 뻗어 휴대폰 알람을 껐다.

6시 반.

피곤에 지친 몸은 수면을 더 요구했지만, 그녀는 바로 몸을 일으켰다. 조금이라도 늑장을 부렸다가는 하루 일정이 다 꼬일 것이다. 이 시간에 일어나도 아이들이 도와주지 않으면 지각할 수 있다.

어젯밤에도 술에 취해서 들어온 남편은 알람 소리도 들리지 않는지 얼굴 한 번 찡그리지도 않고 시체처럼 자고 있다. 한때는 몹시 사랑했던 남편이지만 요즘은 미워죽을 것 같다.

2년 전, 친정엄마가 봐주시던 아이들을 데리고 온 후 처음에는 육아에 참여하나 했는데 어느 순간부터 남편은 육아를 뒷전으로 미루었다.

승진 준비를 해야 한다, 중요한 모임이 있다, 출퇴근 거리가 멀다, 온갖 핑계를 대면서.

'자기만 직장생활 해? 나도 하는데.'

아이들 챙기랴, 일하랴, 가끔 시댁 행사에 참여하랴, 과부하가 걸릴 지경인데 그는 여유롭기만 하다.

물론 전혀 도와주지 않는 건 아니다. 가끔 힘을 보탤 때도 있지만 그건 말 그대로 조력자, 육아의 주체는 항상 그녀였다.

특히 이렇게 술에 취해 귀가한 다음 날에는 아이들을 깨우고 씻기고 밥 먹이고 옷 입히는 것까지 다 그녀의 몫이다.

만들기는 같이 만들었는데, 성씨도 남편 성을 따르는데 왜 내가 다 책임을 져야 하는지.

울컥 치밀어 오르는 화에 남편의 코를 잡고 비틀었지만 그는 깨어나지 않는다. 어젯밤 술이 떡이 되어서 왔을 때 이럴 거라고 예상했었다.

결국, 그녀는 남편 깨우는 것을 포기하고 화장실로 향했다. 남편 도움 없이 아침 준비하고 아이들까지 챙기려면 손이 열

개라도 모자랄 것이다.

씻고 머리까지 말린 그녀는 주방으로 들어갔다.

예약해 놓은 압력밥솥에서 밥이 되어가고 있는 것을 확인한 그녀는 아이들을 위한 계란말이를 만들고 황태국을 끓였다. 이 정도가 그녀가 아침에 만들 수 있는 반찬이다. 더이상은 만들 여력이 없다.

'워킹맘이 다 그렇지 뭐. 내가 슈퍼우먼도 아니고.'

스스로를 위안하며 그녀는 냉장고에 있는 밑반찬 몇 개를 꺼냈다. 풍요롭지는 않아도 궁핍하지 않은 밥상이 차려졌다. 황태국 냄새도 구수했다. 때마침, 치익치익 압력밥솥에서 김빠지는 소리가 들렸다.

시각을 확인하자 7시 10분.

승연은 안방으로 가서 남편을 깨웠다. 겨우 일어나 앉는 것을 보고 그녀는 아이들 방으로 향했다. 이제부터 전쟁이다.

"유진아, 유호야. 일어나자."

"으응, 시러시러. 더 자 꺼야."

여러 번 흔들어 깨웠지만 일곱 살, 다섯 살짜리 아이들은 쉬이 일어나지 않았다. 이불을 뒤집어쓰며 투정을 부렸다.

결국, 그녀는 딸인 유진부터 안아서 화장실로 데려갔다. 눈도 뜨지 못하는 아이를 씻기고 로션을 발라준 후 머리를 묶어주었다. 그러는 사이에도 시간은 째깍째깍 흘렀다. 시계를 보며 승연이 소리쳤다.

"자기, 유호 좀 깨워 줘!"

하지만 남편 정식은 대답하지 않는다. 목마른 놈이 우물 찾는다고, 결국 그녀는 또 아이들 방으로 들어가 유호를 깨웠다. 아침잠이 많아 짜증을 부리며 뻗대는 유호를 억지로 안고 나오자 벌써 진이 빠졌다. 제 아빠 닮아서 또래보다 체격이 큰 유호와 씨름하는 건 그녀에게 버거운 일이었다.

그제야 정식은 말끔한 차림으로 거실로 나왔다. 아침을 준비하고 아이들을 챙기는 동안 제 한 몸 겨우 건사한 것이다. 남편이 또 미웠다. 이러는 자신이 정말 싫었다.

"맛있는 냄새 나네. 황태국 끓였어?"

목소리도 듣기 싫어 승연이 대답도 하지 않고 유호를 안은 채 주방으로 들어가자 정식과 유진이 뒤따라 들어왔다.

"밥 안 머거! 잘래!"

버둥거리는 유호를 식탁에 앉히며 승연이 정식에게 딱딱한 말투로 명령을 내렸다.

"밥 좀 퍼!"

"오키"

아내의 심사가 불편하다는 것을 깨달은 정식이 얼른 대답하고 아내의 눈치를 살폈다. 그녀의 표정이 폭우가 쏟아져 내릴 것 같은 어두운 하늘과 닮아 있었다. 잘못 건드렸다가는 터지고 말 것 같다. 하긴 요즘 매일 늦긴 했다. 이럴 때는 납작 엎드리는 것이 수다.

정식이 밥솥으로 가서 밥을 푸는 사이 그녀는 아직도 보글보글 끓고 있는 황태국을 떠서 남편의 앞에 놓았다.

아이들 앞에는 미리 식혀놓은 국을 놓아주었다. 아직 어려서 뜨거운 것을 주면 데일 위험이 있었다.

"아, 시원하다! 우리 승연이 황태국 솜씨는 최고라니까!"

남편이 엄지를 척 들어 보이며 띄워 주었지만, 승연의 기분은 나아지지 않았다. 여전히 바닥이다. 그와 맞장구를 쳐줄 마음의 여유가 생기질 않는다. 그저 제게 모든 일을 떠넘기는 남편이 미울 뿐이다. 목숨 바쳐 충성하겠다고 프러포즈해 놓고선. 하도 듬직한 사람이라 그때는 그게 공염불이 될 줄 미처 몰랐다.

"자, 아아-"

남편에게는 시선 한 번 주지 않고 승연은 국에 밥을 말아서 아이들의 입에 넣어주었다. 이렇게 하지 않으면 아이들이 밥을 먹지 않으니 어쩔 수 없었다.

바로 받아먹는 유진과 달리 잠이 완전히 깨지 않은 유호는 고개를 획 돌리며 식사를 거부했다.

"안 머거!"

"안 먹으면 유치원 가서 배고파서 안 돼."

"먹기 시러. 실타고!"

"그럼, 딱 다섯 숟가락만. 다섯 숟가락만 먹자, 응? 유호야. 다섯 숟가락 먹으면 저녁에 엄마가 아이스크림 사 줄게."

아예 식탁에서 내려가려는 유호를 붙잡고 승연이 사정했다. 친정엄마가 저들을 그렇게 키웠듯이 승연 역시 밥에 목숨을 걸었다.

"딱 다섯 수까락만 머글 거야."

아이스크림에 마음이 흔들렸는지 유호는 손바닥을 쫙 펴 보이며 그 이상은 절대 먹지 않겠다고 대답했다. 사실 아이들에게 상을 주겠다며 흥정하는 건 교육적으로 옳지 않다. 알면서도 사정이 급할 때는 어쩔 수 없다. 그것 말고는 해결책이 없으니까.

"엄마, 나도. 나도 아이스크림."

"유진이는 혼자서 다 먹으면 사줄게."

"알았어, 엄마."

아이스크림에 홀딱 넘어간 유진이 제 국그릇을 얼른 제 앞으로 가져가 부지런히 퍼먹는다. 오물오물 야무지게 먹는 것을 보니 힘든 와중에도 사랑스럽다. 딱딱하기만 하던 얼굴에 미소가 얼핏 어렸다 사라진다.

"계란말이도 먹어."

"응, 엄마."

유진이가 저 스스로 먹자 승연은 그제야 제 입에 밥 집어넣을 여유가 생겼다. 한국인은 밥심이라고 초등학교 교사인 그녀는 밥을 먹지 않고는 학생들을 감당할 수 없었다.

밥을 입에 넣고 씹으며 유호의 입에도 계란말이를 하나 넣어주었다.

입으로 들어가는지 코로 들어가는지 모를 식사를 끝내고 승연이 식탁 정리를 하는데 말쑥하게 양복으로 갈아입은 남편이 안방에서 나왔다.

직장이 근처에 있는 그녀와 달리 한 시간 거리에 회사가 있는 남편은 그녀보다 먼저 집을 나서야 했다.

"유진아, 유호야. 아빠 출근한다. 자기야, 오늘은 꼭 일찍 올게. 그러니까 화 풀어."

부도수표가 될지도 모르지만 그래도 일찍 온다는 말이 반가워 승연은 오늘 아침 처음으로 남편의 얼굴을 보며 물었다.

"진짜지?"

"응. 오늘은 꼭 일찍 올게."

남편의 약속에 한결 나아진 기분으로 승연은 아이들 옷을 입히고 가방까지 챙겼다. 그런 후 두 아이의 손을 잡고 집을 나섰다. 아이들을 유치원에 데려다주고 출근하려면 그녀 역시 여유로울 수는 없었다.

두 아이를 차에 태우고 승연은 운전석에 올라탔다. 유치원

통원용 버스 시간과는 맞지 않아 승연은 아이들을 매일 유치원까지 직접 데려다주어야 했다.

바로 차의 시동을 켜고 출발했다. 아파트에도, 도로 양옆에도 벚꽃이 흐드러지게 피어 있었지만, 그녀는 그것을 쳐다볼 여유가 없었다.

"선생님 말씀 잘 듣고 친구들이랑 사이좋게 지내. 엄마 퇴근하고 데리러 올게."

"응, 엄마. 빠이빠이."

아이들에게 손을 흔들어준 승연은 다시 차에 올라탔다. 이제 엄마가 아니라 교사가 되어야 할 시간이다.

2

　5분쯤 차를 달리자 그녀의 직장인 가람초등학교가 보였다.
또 다른 전쟁이 시작되리라.

　초등교사로 임용된 후 승연은 작년까지 쭉 고학년을 맡았는
데 올해 처음으로 1학년을 맡아보았다. 내년에 초등학교에 입
학하는 딸에게 조금이라도 도움이 되기 위한 선택이었다.

　한데 1학년 아이들을 가르치는 건 너무 힘들었다. 수업시간
에 집중도 제대로 하지 못할뿐더러 사고도 숱하게 쳤다. 배변
습관이 제대로 되어 있지 않아 실수하는 아이들도 있었다.

　역시나 오늘도 그냥 넘어가지 않았다.

　"선생님, 선생님! 얘가 저 때려요!"

　"아니에요, 선생님. 쟤가 먼저 저 놀렸어요!"

싸우는 애들을 통제하는 사이에 지훈이 또 실수를 하고 말았다. 향기롭지 못한 냄새에 반 아이들은 코를 움켜쥐며 냄새의 발원지를 찾았고 한 아이가 크게 소리치며 그녀에게 고자질을 했다.

"선생님! 선생님, 지훈이가 똥 쌌어요!"

그 말이 끝나기가 무섭게 다른 아이들이 지훈이를 손가락으로 가리키며 놀리고 들었다. 합창소리가 아주 구성졌다.

"얼레리꼴레리 얼레리꼴레리. 지훈이는 똥싸개래요."

"똥싸개래요. 똥싸개래요."

아이들은 쉽게 분위기에 휩쓸린다. 이대로 두었다간 교실이 도떼기시장이 되고 말 터. 승연은 짝짝, 짝짝짝 집중 박수를 연달아 쳤다. 아이들을 조용히 시킬 때 쓰는 방법이다. 그녀를 따라 몇몇 아이들은 손뼉을 쳤지만 개구진 몇몇은 여전히 지훈을 가리키며 똥싸개 타령을 하고 있었다.

승연이 다시 한번 짝짝, 짝짝짝 박수를 치자 그제야 아이들 모두가 그녀에게 집중했다.

"친구를 놀리면 어떤 사람?"

"나쁜 사람이요!"

"친구의 실수는 어떻게 한다?"

"감싸줘야 해요!"

"그래. 다들 착하네. 그럼, 잠시 그림 그리고 있어. 선생님은 지훈이랑 화장실 다녀올게."

교사의 사명감을 안고 승연은 서랍에 비상용으로 챙겨둔 옷을 꺼내 지훈의 손을 잡고 교실을 나섰다. 아이들만 둘 수 없어서 호출한 상담교사, 미선이 저만치서 빠른 걸음으로 걸어오고 있었다. 동갑이고 친하게 지내는 사이라 승연이 반말로 인사했다.

"매번 부탁해서 미안."

"괜찮아. 애들 잘 보고 있을 테니까 천천히 하고 와."

화장실에 도착한 승연은 바지를 벗기고 오물이 묻은 지훈의 엉덩이를 티슈로 먼저 닦아냈다. 그러곤 따뜻한 물로 깨끗이 닦아주었다.

'내 자식도 이렇게 씻겨준 적이 별로 없는데.'

엄마가 동생의 아이를 맡아서 키우기 전까지 그녀의 아이를 맡아 키워주었기에 승연은 아이의 똥 기저귀를 갈아줄 일이 많지 않았다. 그래도 직업이 직업이니 어쩔 수 없지.

다섯 살 유호도 감당하기 버거운데 여덟 살짜리 남자아이와 씨름하며 옷까지 갈아입히고 나자 승연은 진이 쏙 빠졌다. 시무룩해져 있는 아이를 보니 마음도 편치 않았다.

'지훈 어머니에게 전화를 걸어 상황을 알리고 아이를 잘 달래 달라고 부탁해야지.'

교실에 지훈을 들여보낸 후 승연은 카디건 주머니에서 휴대폰을 꺼냈다. 지훈의 어머니 번호를 찾아 전화를 걸었다. 한데 그녀는 전화를 받지 않았다. 끊으려는 찰나 짜증이 담긴 목소리가 들렸다.

– 누구세요!

"안녕하세요, 어머님. 저 지훈이 담임입니다."

승연이 그녀에게 저를 먼저 소개했다. 지훈의 담임이 된 지한 달도 넘었고, 그녀와 통화도 제법 했는데 아직도 제 번호를 저장하지 않았나 보다. 참, 이해되지 않는 엄마였다.

– 또 무슨 일이에요? 간단히 얘기해 주세요!

보통의 학부모들은 학교에서 전화가 걸려오면 아이에게 무슨 일이 있는지 걱정을 담아 묻는데 그녀는 한 번도 그러지 않았다.

오히려 별일도 아닌데 전화 걸어 귀찮게 하느냐는 기색을 폴폴 풍겼다.

"오늘 지훈이가 학교에서 실수를 했는데요, 아이들이 알게 되었어요. 그래서 지훈이가 위축이 되어서……."

– 아니, 선생님은 그동안 뭐하셨어요? 어떻게 애들이 알게 해요!

하아, 이렇게 염치없는 사람이 있을 수 있을까? 지훈의 어머니가 다짜고짜 따지고 들자 승연은 황당하기만 했다.

한 달 동안 지훈이가 학교에서 실수한 게 벌써 다섯 번. 일주일에 최소 한 번씩은 실수를 했다는 뜻이다.

아이의 상황을 알려야 했기에 전화를 걸면 그저 알았어요 라며 전화를 끊어버리고 아이에게 관심조차 없는 것처럼 굴더니 이렇게 득달같이 따지고 드는 이유를 모르겠다.

마음 같아서는 조곤조곤 따지고 싶었지만 요즘 세상에 약자는 교사. 교권이 바닥으로 떨어진 요즈음 교사들은 아이들과 학부모의 비위를 맞추어야 했다. 조금이라도 강하게 나갔다가는 인터넷에 교사의 처벌을 요구하는 글이 올라올지도 모르니까. 신상 털리는 건 순식간이다. 마음을 가다듬으려 작게 심호흡하고는 승연이 부드러운 목소리로 해명했다.

"다른 아이들이 싸움이 붙어서 말리는 도중에 지훈이가 큰 걸 바지에 쌌어요. 냄새를 맡고 아이들이……."

– 그러니까 다른 애들 보느라 우리 애는 신경도 안 썼다는 얘기죠? 제가 돈 봉투 들고 학교를 안 찾아가서 우리 지훈이한테 무심하신 건가요? 그런 거예요?

하, 요즘 세상에 누가 학부모한테 돈 봉투를 받아? 걸리면 바로 잘리는데. 세상 물정 모르고 따지고 드는 그녀가 괘씸해서 속이 부글부글 끓어올랐다. 하지만 승연은 끓어오르는 마음을 다스리기 위해 크게 심호흡을 한 후 조목조목 해명했다.

"어머님, 그렇게 말씀하시면 제가 서운하죠. 지훈이가 학교에서 실수한 게 벌써 다섯 번째예요. 그때마다 제가 어떻게 해서 보냈는지 아시잖아요. 옷까지 빨아서 보냈어요. 그런데도 한 번도 고맙다, 미안하다는 말, 하지 않으시더니 오늘 이렇게 따지시는 건가요? 제가 일부러 소문낸 것도 아니고, 아이들이 먼저 알아차린 거잖아요."

– 아이들이 알아차리지 못하게 하셔야죠! 교사라면 당연히 그래야 하는 거 아니에요! 그게 교사가 할 일이잖아요! 그거 하라고 월급 주는 거잖아요! 선생님은 지금 직무유기를 하신 거라고요!

'그럼, 어머니의 일은 뭔가요? 자식을 초등학교에 보내면서 최소한 혼자 화장실은 갈 수 있도록 가르쳐서 보내셨어야죠! 어머니야말로 직무유기 아닌가요!'

지훈에게 세 살짜리 동생이 있다는 건 알고 있지만 그래도 그녀는 전업주부다. 제 아이 두 명도 제대로 돌보지 못하면서 25명의 아이들을 챙기고 있는 저를 보고 직무유기 타령을 하다니? 그동안 지훈을 내 자식처럼 생각해서 다른 아이들 모르게 뒤처리 해주느라 얼마나 힘들었는데. 황당하고 어이가 없어 승연은 숨이 턱 막혔다.

하지만 말이 통하지 않는 사람 붙들고 씨름해봤자 그녀만 답답해질 터. 교사 생활 10년 하면서 깨달은 삶의 지혜다.

"어머님, 우리 반 아이들이 스물다섯이라 제가 다 챙길 수가 없어요. 그래도 앞으로는 더 신경 쓸게요. 그것보다도 오늘은 어머님이 지훈이 데리러 와 주시면 안 될까요? 이런 날은 어머님의 사랑과 위로가 필요하거든요."

– 그냥 보내세요. 전 못 가요!

승연이 부탁했건만 지훈 어머니가 전화를 확 끊어버리자 그녀는 정말 화가 치밀었다. 정말 해도 해도 너무한다 싶었다.

그냥 확 받아버릴 걸 그랬나 후회도 되었다.

허리에 손을 얹고 씩씩거리는데 미선이 밖으로 나왔다. 교실에서 보기에 제 상태가 이상해 보였나 보다.

"박 쌤. 왜 그래?"

"지훈이 어머니 때문에 돌아버리겠어. 나보고 직무유기 아니냐고 하신다? 지훈이 실수한 거 아이들이 알게 했다고."

승연이 지훈을 위해 얼마나 최선을 다하는데 어떻게 그런 소리를 해? 이해가 되지 않아 미선이 씩씩거렸다.

"뭐? 직무유기? 그 여자 미친 거 아니야? 네가 지훈이를 얼마나 챙겨주었는데 그런 소리를 해? 실수할 때마다 씻기고 배고프다고 해서 간식 사 먹이고. 하여간 사람들이 염치가 없어, 염치가!"

지훈이가 실수할 때마다 그녀가 승연 대신 교실을 지켰기에 미선은 지훈이 그동안 실수해 온 걸 다 알고 있었고, 지훈이 마음이라도 다칠까 봐 승연이 그를 더 챙긴 것 또한 알고 있었다. 그런데 찾아와 고맙다고 인사는 못할망정 승연을 무책임한 사람으로 몰아가?

저 대신 분노하는 미선을 보니 억울했던 승연의 기분이 조금은 풀렸다. 이참에 미선과 의논을 해봐야겠다고 생각하며 승연이 물었다. 상담교사인 미선이라면 좀 더 명확한 답을 해 줄 것 같아서.

"아무래도 좀 이상하지? 오늘도 애 데리러 와 달라고 부탁했더니 그냥 보내래."

"그냥 보내라고? 오늘 지훈이한테 무슨 일이 있었는지 얘기했는데 그래? 아이들 놀림감이 되었다고 하지 그랬어?"

"얘기했지. 지훈이에게 위로와 사랑이 필요하다는 말도 했고."

"그런데도 그렇게 말했다고? 지훈이 어머니 전업주부라고 하지 않았어?"

워킹맘의 경우에는 학교에 일이 있어도 바로 달려올 수 없는 경우가 많다. 하지만 전업주부의 경우에는 아이에게 일이 생겼다고 하면 대부분 바로 달려오는데 딱 잘라 거절하니 미선도 의아하게 여기는 것이리라.

"응. 전업주부 맞아. 직장을 다니는 것도 아닌데 아이한테 이렇게 무심한 걸 보면 방임하는 게 아닌가 진짜 의심스러워. 오늘 지훈이랑 같이 집에 가서 확인해 봐야겠어. 방임도 아동학대잖아."

아동학대가 심각한 사회문제로 대두되면서 아동학대가 의

심되는 상황을 확인하면 교사는 무조건 신고를 해야 했다.

지훈의 어머니가 지훈에게 너무 무심해서 몸을 씻기면서 매
번 확인했지만 폭력을 당한 흔적은 없었다. 하지만 지훈이 너
무 무기력하고, 또래와 잘 어울리지도 못하는 것을 보니 의심
이 되지 않을 수가 없었다.

3

  20평형대 서민 빌라 내부는 정돈이 되지 않아 엉망이었다.
장난감과 과자 부스러기, 과자 봉지들이 여기저기 널려 있었고
휴지통도 넘쳐흐르고 있었다.

  그것뿐이 아니었다. 대충 싸맨 기저귀도 여기저기 흩어져
있었고 그 외에도 각종 쓰레기들이 사방에 쌓여 있었다.

  거실 바닥에는 생기라고는 조금도 보이지 않는, 지친 표정
의 40대 여자가 소파에 등을 기댄 채 무기력하게 앉아 있었고,
여자의 앞에는 두 돌쯤 되어 보이는 여자아이가 장난감을 만
지며 놀고 있었다. 아이가 좋아할 만한 장난감이지만 아이는
노는 것에 집중하지 못하고 수시로 고개를 들어 엄마를 확인
했다. 마치 엄마가 저를 두고 도망칠까 봐 두려운 것처럼.

눈부시도록 환한 햇살을 받았건만 여자의 머리칼은 윤기가 흐르기는커녕 손으로 비비면 바스러질 것처럼 푸스스했다. 옷도 꾀죄죄했다. 바로 지훈의 엄마, 윤지였다.

화장실이 급해진 윤지가 자리에서 일어나자 아이가 재빨리 일어나 그녀의 다리를 붙잡았다. 내복만 입은 아이 역시 꾀죄죄한 상태였다. 머리도 손질하지 않아 사방으로 뻗쳐 있었다.

"엄마, 화장실"

무감각한 눈빛으로 윤지가 설명했지만 아이에게는 통하지 않았다. 아예 팔로 윤지의 다리를 감아버렸다. 절대로 떨어지지 않겠다는 듯이.

"지수야, 엄마 놔 줘. 응아 하고 올게. 엄마 응아 마려워. 쌀 것 같단 말이야, 응?"

점점 더 빨라지는 신호에 윤지가 사정했지만, 아이 지수는 고개를 절레절레 흔들며 거부했다.

"시어, 시어. 가치, 가치."

"제발 좀 놓으라고! 엄마 쌀 것 같다고!"

짜증이 치민 윤지가 떨어지지 않으려는 지수를 확 떼어내 소파에 앉히자 지수는 잽싸게 윤지의 목에 팔을 감았다. 기막힌 순발력이었다.

"너 정말 왜 이래! 엄마 죽는 거 보고 싶어!"

지수의 손을 떼어내며 윤지가 악을 바락바락 썼다. 독박 육아 2년에 남는 건 악밖에 없었다. 첫 아이 지훈을 낳아 기를 때만 해도 윤지는 이렇지 않았다. 제가 품고 낳은 첫 아이 지훈을 사랑했고 친정엄마에게 아이를 맡기고 직장도 다닐 수 있었다.

제 생애 아이는 지훈이 하나면 족하다고 생각했는데 남편이 딸 타령을 하기 시작했다.

"요즘 딸 없으면 노후에 너무 쓸쓸하대. 당신도 딸이 있으면 같이 여행도 다니고 좋잖아. 우리 하나만 더 낳자, 응?"

남편의 거듭된 요구에 윤지는 둘째를 가졌고 둘째를 낳고 난 후부터 모든 것이 엉망이 되어버렸다.

출산을 얼마 앞두고 엄마가 갑자기 돌아가시는 바람에 아이를 봐 줄 사람은 없어서 곤란해진 상황인데 아이는 순하던 지훈과 달리 까탈스러웠다.

먹는 것, 입는 것, 뭐 하나 그냥 넘어가는 것이 없었다.

그중에서도 그녀를 가장 힘들게 하는 건, 한시도 그녀에게서 떨어지지 않으려고 한다는 것. 화장실 가는 그 잠시도 떨어져 있으려 하지 않아서 아이를 안고 볼일을 보아야 했다. 아무리 달래고 얼러도 듣지 않았다. 혼을 내도 마찬가지였다. 바로 지금처럼.

"엉엉엉엉! 시어시어! 으앙으앙!"

지수가 큰소리로 통곡하듯 울자, 윤지는 아이를 안을 수밖에 없었다. 아이의 목청이 얼마나 큰지 또 울렸다간 윗집에서 아동학대 신고가 들어갈 수도 있다.

지난번에 아동학대 신고를 받고 경찰이 집에까지 찾아와 얼마나 놀랐는지 모른다.

아이를 안은 채 화장실로 뛰어간 윤지는 한 손으로 바지를 내리고 변기에 앉았다. 그 순간 참고 참았던 배설물이 뿌지직 소리를 내며 바로 뿜어져 나왔다.

옷에 지리지 않은 것만 해도 얼마나 다행인지. 배변조차 마음 편히 할 수 없는 이 상황이 비참해도 너무 비참했다.

제가 이지(理智)도 없는 동물이 되어버린 기분이다. 원망은 다시 남편에게로 향했다.

'나는 왜 이 아이를 가졌을까? 남편이 아무리 졸라도 거절했으면 되었을 것을.'

겨우 뒤처리까지 하고 나오자 휴대폰이 울렸다. 저장되지 않은 번호였다. 아마 최근 1년 사이에 알게 된 사람이리라.

출산 후 육아에 시달리면서 그녀는 사람들과 인연을 맺고 싶지 않아 1년 전부터는 전화번호를 저장하지 않았다.

통화하고 싶지 않은 마음에 무시했지만 벨소리는 끊기지 않았다. 아무래도 받아야 끝날 것 같았다. 전화를 받았더니 지훈의 담임교사였다.

놀이방도 싫다, 어린이집도 싫다, 한 시도 엄마한테서 떨어지지 않으려는 지수 때문에 복직도 포기하고 죄수처럼 집에만 갇혀 지내는 저와 달리 당당하게 사회생활을 하고 있는 지훈의 담임교사.

한데 그녀가 전해주는 말은 최악이었다. 또래보다 똑똑하던 지훈이 얼마 전부터 실수를 하기 시작하더니 오늘은 학교에서 큰 걸 바지에 쌌다고 했다.

지수도 감당하기 힘든데 지훈이까지 애를 먹인다면…….

상상만으로도 숨이 턱 막혔다. 그러다 보니 담임교사한테도 말이 곱게 나가지 않았다. 초등학교 가기 전까지만 해도 괜찮았던 아들이 요즘 들어서 실수가 잦아지다 보니 이게 다 담임교사 탓인 것만 같았다.

"그러니까 다른 애들 보느라 우리 애는 신경도 안 썼다는 얘기죠? 제가 돈 봉투 들고 학교를 안 찾아가서 우리 지훈이한테 무심하신 건가요? 그런 거예요?"

바락바락 따지고 들었지만, 그녀는 전혀 미안해하지 않았다. 오히려 윤지의 잘못을 조목조목 따지고 들었다. 교사라 그런지 말도 정말 잘했다.

그러면서 명령하듯 학교로 와서 지훈이를 데리고 가라 했다.

뭐? 이런 날은 어머니의 사랑과 위로가 필요하다고?

진짜 위로가 필요한 사람은 누구인데 저 보고 이런 개소리를 해?

지수를 낳은 후, 그녀는 자신을 위한 시간을 한순간도 갖지 못했다. 아기 때부터 워낙 예민하고 잠투정이 심해서 거의 안고 지냈지만, 그때는 딸이라 아들인 지훈과 다른가 보다 생각했다. 엄마만 찾는 것도 그래서라고.

하지만 육아휴직을 끝내고 복직을 하기 위해 아이를 놀이방에 맡기려고 갔다가 제게서 떨어지지 않겠다며 악을 쓰며 우는 지수를 보고 그제야 지수의 집착이 다른 아이들과 다르다는 것을 깨달았다.

지금껏 다른 사람에게는 가지 않고 오로지 엄마만 찾는 것이 정상이 아니라는 것도.

친정엄마의 죽음으로 인해 우울했던 그녀의 마음이 아이에게 전해진 건 아닐까 자책도 했다.

자책의 시간은 오래가지 않았다. 저를 이 지옥 속에 몰아넣은 남편과 세상에 대한 원망이 불쑥불쑥 치밀어 올랐다.

제게서 떨어지지 않는 딸이 제 피를 빨아 먹는 거머리 같았다. 제 목숨을 갉아 먹는 병균 같았다. 진저리치게 아이가 싫었다. 아이 없는 세상에서 살고 싶었다.

"그냥 보내세요. 전 못 가요!"

그렇게 말하곤 윤지는 전화를 끊어버렸다. 지훈까지 정상이 아니라면, 더는 살고 싶지 않았다. 개미지옥 같은 육아의 늪에서 더는 빠져 있고 싶지 않았다.

제게 매달리는 지수를 안은 채 그녀는 베란다로 걸어갔다.

4층에서 내려다보이는 아래는 등 뒤로 소름이 오소소 돋을 만큼 아찔했다. 고소공포증이 있는 그녀는 내려다보기 힘들 정도로. 하긴 사람이 공포를 가장 심하게 느끼는 높이는 11m라고 했지. 아마 이 정도의 높이가 아닐까 싶다.

맨정신으로는 뛰어내릴 수가 없어 그녀는 몸을 돌려 주방으로 걸어갔다. 술이라도 진탕 마신다면 뛰어내릴 수 있겠지.

지수를 매단 채 윤지는 냉장고에서 소주를 꺼내 병 채로 벌컥벌컥 마셨다. 독한 소주가 식도를 타고 내려가자 속이 찌르르 울렸다.

"맘마 맘마. 엄마, 맘마."

지수가 배고프다고 칭얼댔지만 윤지는 들은 척도 하지 않고 그저 소주만 마셨다. 저 혼자 이렇게 죽기는 억울해 윤지는 휴대폰을 열어 번호를 하나 찾았다. 남편의 번호였다.

바로 통화버튼을 눌렀지만 그는 받지 않았다. 조금 전 제가 지훈의 담임교사 전화를 피하려고 전화를 받지 않은 것처럼.

포기하지 않겠다는 윤지의 마음을 알아차린 듯 얼마 후 그가 짜증스러운 목소리로 전화를 받았다.

- 왜 또!

"지훈이가 학교에서 바지에 똥 쌌대! 우리 애들은 왜 다 이래? 왜 이렇게 나를 힘들게 하는 거야? 왜 이렇게 나를 힘들게 하느냐고! 나, 정말 힘들어. 힘들어 죽겠다고!"

- 당신만 힘들어? 나도 힘들어. 나도 당신만큼 힘들다고! 씨발!

위로를 바란 건 아니지만 그래도 욕설까지 들을 줄은 몰랐기에 윤지의 마음은 더 무너져내렸다. 살아갈 힘을 완전히 잃었다. 윤지가 악을 바락바락 썼다.

"그러니까 왜 아이 낳자고 했어! 지수만 안 낳았으면 우리가 이렇게 힘들 일이 없었잖아! 행복하지는 않아도 불행하지는 않았을 거 아냐!"

- 내가 이럴 줄 알았어? 알았냐고! 씨발, 나도 죽을 것 같아. 나도 사는 게 사는 게 아니라고! 끊어!

욕설과 함께 남편이 전화를 끊어버리자 윤지의 결심은 굳어졌다. 살아도 사는 것이 아닌 삶. 이대로 죽어버리리라.

아까부터 울어대는 지수의 울음소리에 머리가 깨질 것만 같았다. 지수를 계속 안고 있느라 팔과 어깨, 허리 등등 몸도 안 아픈 곳이 없었다. 제대로 씻지도 못한 몸에서는 냄새도 나는 것 같다.

윤지는 지수를 안은 채 다시 베란다로 걸어갔다. 비척비척 걷는 그녀의 걸음이 몹시도 위태로웠다.

4

　다른 학생들의 하교 지도를 마친 후 승연은 지훈과 함께 그의 집으로 향했다. 한데 집에 도착해서 초인종을 눌러도 대답이 없었다. 엄마는 집 밖을 잘 나가지 않는다고 지훈이가 그랬는데? 왠지 불길한 예감이 들어 승연이 지훈에게 물었다.

　"지훈아, 비밀번호 알아? 알면 어서 문 열어 봐."

　"예, 선생님"

　단풍잎 같은 작은 손으로 지훈이 현관 비밀번호를 누르자 띠리링 소리와 함께 잠금장치가 열렸다. 안으로 들어선 승연은 절로 인상을 찌푸렸다. 언제 청소했는지 집안은 온통 쓰레기였고 퀴퀴한 냄새까지 났다. 아이를 키울 환경이 아니었다. 지훈의 어머니가 정상이 아니라는 생각이 더욱 강하게 들었다.

"안녕하세요, 지훈이 어머니!"

어쨌든 그녀를 만나 상황파악을 해봐야겠다고 생각하며 승연이 큰소리로 인사하는데 베란다 쪽에서 자지러지는 아이 울음소리가 들렸다.

"엉엉 엉엉. 엄마 엄마. 엄마 엄마, 엉엉 엉엉."

소리 나는 쪽으로 고개를 돌린 승연은 뛰어내릴 듯 베란다에서 몸을 숙이고 있는 여자를 보고 깜짝 놀랐다. 지훈도 보았는지 비명을 지르듯 그녀를 불렀다.

"엄마! 엄마!"

상황이 심각하다고 생각한 승연은 한달음에 그녀에게로 다가가 그녀를 붙들었다.

"어머님, 어머님! 이러시면 안 돼요!"

"놔! 놓으라고! 나, 더는 못 살아! 이렇게는 못 살아! 제발 죽게 내버려 두라고!"

술에 취해 꼬부라진 혀로 바락바락 외치는 윤지의 눈빛에는 광기가 번들거렸다. 제정신으로 보이지 않았다. 정말로 뛰어내리고도 남을 것 같았다.

그 와중에도 윤지 품에 안긴 아이는 엉엉 울면서도 엄마의 품에 매달려 떨어지지 않았다. 윤지가 떼어내려고 하면 더 찰싹 붙었다. 완전히 한몸처럼 느껴져 섬뜩해 보였다.

"지금도 봐봐! 이 찰거머리 같은 게 나한테서 안 떨어지잖아! 내 숨통을 바짝바짝 조이잖아! 아무것도 못하게 내게 매달려서! 나 화장실도 혼자 못 가! 샤워도 혼자 못해! 그런데 어떻게 살아! 어떻게 사냐고! 자식이 아니라 웬수야, 웬수!"

"엄마! 엄마, 죽지 마. 죽지 마, 엄마……."

죽는다는 말을 자주 했는지 승연을 따라온 지훈이 하얗게 질린 얼굴로 윤지의 다리에 매달리며 사정했다. 눈물을 줄줄 흘리는 지훈에게 윤지가 매정하게 말했다. 정을 끊으려는 듯.

"넌 니 아빠랑 살아! 지수는 엄마가 데리고 갈 테니까!"

"싫어. 싫어, 엄마. 제발 죽지 마. 내가 잘할게. 엄마 속 안 썩일게. 엉엉."

지훈의 애원에도 윤지의 결심은 흔들리지 않았다. 죽어야 끝날 지옥이었다.

"어머님, 잠시만요. 잠시만 이야기해요. 그 뒤에 뛰어내려도 되잖아요, 예에?"

승연도 윤지의 허리를 안고 사정했지만 그녀는 들어줄 생각이 없는 듯 승연을 뿌리쳤다. 뼈만 앙상하게 남은 몸이지만 승연을 뿌리치는 힘은 보통 센 것이 아니었다. 승연 혼자서는 감당할 수 없었다.

"지훈아, 옆집이든 아랫집이든 가서 사람 좀 불러와. 어서!"

"예. 예, 선생님."

눈물범벅인 얼굴로 지훈이 몸을 돌려 재빠르게 나갔고 그

와중에도 윤지는 승연에게서 빠져나가려 발버둥을 쳤다. 그 바람에 그녀의 상체도 베란다 밖으로 밀렸다. 사람들이 지나다니는 아래로 시선이 향하자 아찔한 마음에 승연은 저도 모르게 눈을 감았다.

이 높이에서 떨어지면 죽겠지? 두려움에 등골이 서늘해졌다. 남편과 아이들의 얼굴이 스쳐 지나갔다.

'내가 죽으면 남편과 아이들은 어떻게 살지? 내가 없으면 모든 것이 엉망이 될 텐데.'

'그냥 놓아버릴까? 나라도 살아야 하지 않을까?'

그런 생각이 잠시 들었지만 승연은 이내 마음을 다잡았다. 눈앞에서 사람이 죽는 것을 두고 볼 수는 없었다. 베란다 난간에서 그녀를 떼어내기 위해 있는 힘을 다해 윤지를 꼭 껴안고 거실 쪽으로 끌어당겼다. 하지만 여전히 그녀의 힘으로는 당해낼 수가 없었다.

"어머니, 어머니. 잠시만요. 잠시만 얘기 좀 해요, 예에?"

승연이 거듭 사정했지만, 술에 취한 그녀는 여전히 베란다 밖으로 몸을 내밀려고만 했다.

"어머! 저기 사람이 떨어지려고 해! 어떡해, 어떡해……."

"119 불러야 해? 경찰을 불러야 해?"

"둘 다 불러, 둘 다!"

아래에서 지나가던 사람들이 외치는 소리도 들렸다. 사람들이 오기 전까지 그녀를 붙들고 있을 수 있을까? 팔에서 점점 힘이 빠져갔다. 이대로라면 제 눈앞에서 사람이 죽어가는 모습을 보게 될 수도 있을 것 같다. 그게 아니면 같이 떨어져 죽든지.

'누구라도 좋으니 제발 사람이 와 주었으면⋯⋯.'

'누가 와서 도와주었으면⋯⋯.'

그녀의 간절한 바람이 통했는지 지훈이 사람들을 데리고 들어왔고 그들의 도움으로 윤지를 거실로 데리고 들어올 수 있었다.

"왜 말려? 왜 말리냐고! 나 죽게 내버려두지 왜 말리냐고! 왜 죽지도 못하게 하냐고!"

펑펑 울며 원망을 쏟아내는 윤지를 보며 승연은 이마에 맺힌 땀을 손등으로 닦았다. 가정방문 왔다가 이게 무슨 일인가 싶다. 초조하고 불안해서 피가 바짝바짝 마르는 시간이었다.

"아이고, 안쓰러워라. 그 싹싹하던 사람이 왜 저렇게 되었을까?"

"애가 한시도 떨어지지 않는다고 하더라고요. 그래서 놀이방도 못 보내고 있다고요. 꼬박 2년을 아이한테 붙들려 꼼짝달싹도 못했으니 얼마나 힘들었을까요?"

"도와주는 사람 하나 없고, 애는 엄마한테서 떨어지지 않으려 하고. 저 같아도 숨막혀서 못 살 것 같아요."

혀를 끌끌 차며 얘기하는 이웃들의 이야기를 들으며 승연은 윤지가 지훈을 방임한 건 나빠서도 아니고 무책임해서도 아니라는 것을 깨달았다.

　그저 그녀에게 주어진 짐이 너무 무거워서 그랬던 것이다.
과부하가 걸려버렸다고나 할까?

　엄마가 키워줄 때에는 몰랐는데 아이들을 데리고 온 후에
알았다. 자식을 키운다는 건 제 삶을 포기해야 한다는 것을.

　아이가 도와주지 않는다면 엄마는 아무 것도 할 수 없다는
것을. 아무리 중요한 일이 있어도 아이들이 아프거나 문제가
생기면 다 접어야 한다는 것을.

　이 대한민국에서 엄마로 살아가는 건 그런 거라는 것을.

　앵앵, 앵앵. 누가 신고를 했는지 119 구급차가 오는 소리와
경찰 사이렌 소리가 들렸다.

5

　승연이 지훈의 집을 나선 건 몇 시간 후의 일이었다. 지훈의 아빠가 와서 경찰에게 상황을 설명하며 다시는 이런 일이 생기지 않도록 하겠다며 약속했지만 승연은 미덥지가 않았다.

　그의 말대로 직장을 다니는 사람이 어떻게 아내 대신 아이를 돌보겠는가. 그렇다고 경제적인 여유가 있어서 사람을 부릴 수도 없는데.

　또 이런 일이 반복될 수 있겠지.

　나 역시 엄마가 안 계셨다면 지훈의 어머니 같은, 극한 상황까지 갔을지도 모른다고 생각하자 문득 엄마가 보고 싶었다.

　자동차로 걸어가며 승연은 엄마에게 전화를 걸었다. 심각하고 우울한 상황인데도 햇살은 지랄 맞게도 따스했다.

- 어, 승연아. 왜?

언제나 미더운 엄마의 목소리를 듣자 승연의 마음은 벌써 푸근해졌다. 그녀에게 엄마는 언제나 든든한 버팀목이었다. 그녀가 항상 의지할 수 있는 존재.

"그냥 엄마 생각이 나서. 고마워, 엄마. 내가 이렇게 살 수 있는 건 다 엄마 덕분이야."

- 별소리를 다한다. 오늘 무슨 일 있었어?

"사실은 학생 엄마가……."

승연이 오늘 있었던 일을 얘기하려는데 통화 중 대기가 들어왔다. 액정을 보니 미선이었다. 지훈이 데려다주고 오겠다며 가놓고 연락이 없어서 전화를 걸어온 것 같았다.

"엄마, 전화 들어온다. 내가 나중에 전화할게."

엄마에게 양해를 구한 승연은 대답도 듣기 전에 바로 미선의 전화를 받았다.

"자기야……."

- 박 쌤. 목소리가 왜 그래? 무슨 일 있었어?

"응. 나 지금 지옥을 보고 오는 길이야."

- 지옥이라니? 그 여자가 또 뭐라 그래?

"좀 심각해. 들어가서 얘기할게. 자긴 점심 먹었어?"

- 응. 급식으로 해결했어. 자기는?

"못 먹었지. 햄버거 사가려고 하는데 자기 먹고 싶은 거 있어?"

지훈을 집까지 데려다주고 지훈의 어머니와 면담을 한 후 점심을 먹으려고 했는데 예기치 못한 상황이 벌어지는 바람에 쫄쫄 굶었다. 매 끼니 챙겨 먹던 습관이 들어서인지, 아니면 지훈의 어머니를 붙잡느라고 에너지를 다 써서인지 기력이 하나도 없었다. 뭐라도 먹어야 할 것 같았다.

승연이 햄버거를 사서 상담실로 가자 미선이 걱정을 담아 물었다.

"도대체 무슨 일인데 얼굴이 이렇게 하얗게 질렸어?"

"일단 콜라부터 좀 마시고. 내가 아직도 온몸이 후들후들 떨려."

시원한 콜라를 쭉 빨아 마시고 승연은 크게 심호흡을 했다. 배가 고파서 햄버거를 사오긴 했지만 식욕이 나지 않았다. 자꾸만 지훈의 어머니의 절규가 귀에 윙윙거렸다.

"지금도 봐봐! 이 찰거머리 같은 게 나한테서 안 떨어지잖아! 내 숨통을 바짝바짝 조이잖아! 아무것도 못하게 내게 매달려서! 나 화장실도 혼자 못 가! 샤워도 혼자 못해! 그런데 어떻게 살아! 어떻게 사냐고! 자식이 아니라 웬수야, 웬수!"

얼마나 힘들었으면 자식을 웬수라고 할까? 하긴 죽으려 뛰어내리려는데도 아이는 엄마에게서 떨어지지 않았다. 아이가 엄마의 숨통을 조인다는 말이 맞는 것도 같다.

"지훈이 어머니, 많이 힘드셨나봐. 내가 지훈이랑 같이 가지 않았으면 죽었을지도 몰라. 베란다에서 뛰어내리려는 걸 겨우 막았어."

"그게 무슨 소리야? 자세히 얘기해 봐."

콜라로 다시 목을 축이고 승연이 지훈의 집에서 있었던 일들을 얘기하자 미선도 답답한 듯 크게 한숨을 내쉬었다.

"이래서 내가 아이를 안 낳으려고 한 거야. 어떤 변수가 생길지 모르거든. 내 삶을 온전히 포기해야 하는데 난 그렇게는 못 살아. 여행도 가야 하고, 맛있는 것도 먹으러 다녀야 하고, 친구도 만나야 해."

"애 키우면서도 즐기며 사는 사람 많아."

"그런 사람은 극소수지. 너도 친정어머니가 봐 주시지 않았다면 지훈의 어머니와 같은 상황에 내몰렸을지 모르지."

"맞아. 나도 그런 생각이 들었어. 지훈의 어머니도 친정어머니가 살아계셨다면 그 정도까지는 안 갔겠지. 아이는 못 봐주더라도 집안 살림은 도와주셨을 테니까."

지훈의 아버지로부터 들었다. 지훈은 장모님이 키워주셨는데 둘째 지수를 낳기 전 함께 사시던 장모님이 돌아가셨다고. 그래서 아내가 정말 힘들어했다고.

"출산 앞두고 의지가 되던 친정어머니가 돌아가시고 애는 제게서 떨어지지 않고. 아마 어머니를 잃은 상실감과 육아 스트레스로 인한 우울증인 것 같더라고. 마음이 안 좋아. 혹시 우리가 도울 일은 없을까?"

"아이가 장애가 있어야 정부에서 지원을 받을 수 있는데 지훈의 동생은 어때? 장애가 있어 보여?"

"엄마한테서 한시도 안 떨어지려는 건 문제가 있는 거 아니야?"

"내가 좀 알아볼게. 그나저나 너도 조심해. 네 상태도 지금 썩 좋아 보이지 않아. 과부하 상태 같아."

"그렇긴 해. 요즘은 남편이 그렇게나 미울 수가 없어. 아주 꼴도 보기 싫어. 왜 나 혼자만 이렇게 고생해야 하나 싶기도 하고. 오늘은 일찍 온다고 하니 믿어봐야지."

"그럼, 남편한테 애들 보라고 하고 우리 오늘 저녁에 외식하자."

"남편한테 물어볼게."

솔깃한 제안이라 승연은 미선에게 대답하고 남편에게 바로 톡을 보냈다. 오늘은 정말이지 힐링이 필요했다. 안 그러면 저도 지훈의 어머니처럼 폭발하고 말 것 같았다.

『통화 가능해?』

한가한 시간인지 남편으로부터 바로 전화가 걸려왔다. 제법 다정한 목소리였다.

─ 승연아, 왜?

"오늘 저녁에 애들 좀 봐 줄 수 있어? 강 쌤이 저녁 먹재."

─ 왜 무슨 일 있어?

"사실은……."

승연이 남편에게 오늘 있었던 일을 얘기하자 남편도 많이 놀랐는지 펄쩍 뛰었다.

- 어떻게 그런 일이 있을 수 있어? 자기 정말 많이 놀랐겠다. 지금은 괜찮아? 청심환은 먹었어? 병원 가 봐야 하는 거 아니야?

다다다다 질문을 퍼부으며 남편이 저를 걱정해주자 우울하던 승연의 마음이 조금은 풀어졌다. 조금은 의지가 된다고 할까.

"심란하긴 한데 병원 갈 정도는 아니야. 강 쌤이랑 맛있는 거 먹으면 기분이 풀릴 것 같아."

- 알았어. 내가 조금 일찍 퇴근해서 아이들 볼 테니까 걱정하지 말고 마음 편히 놀고 와. 당신 잘못되면 나 못사는 거 알지?

하여간 입에 발린 말은 잘해. 아버지와 달리 살가운 남편을 떠올리자 절로 입꼬리가 올라갔다. 그 와중에도 승연은 남편에게 주의사항을 전했다.

"애들 저녁 챙겨 먹이고 학습지도 시켜야 해."

- 알았어, 알았어. 걱정 말고 놀다 와.

"아참, 오늘 애들 아이스크림도 사줘야 해. 아침에 애들하고 약속했거든."

- 알았어. 아이스크림도 사 먹일게. 내가 다 알아서 할 테니까 자기는 걱정 말고 맘 편히 놀다 와.

6

퇴근 후, 승연이 미선과 함께 도착한 곳은 스테이크가 유명한 이탈리안 레스토랑이었다. SNS에도 자주 올라오는 맛집. 1인 1스테이크를 시키고 기분도 낼 겸 와인까지 시켜서 간만에 럭셔리한 시간을 가졌다.

아이를 낳기 전, 자유로웠던 시간으로 돌아간 것 같아 기분이 상당히 좋았다. 스트레스가 어느 정도는 날아가는 기분이었다. 입에 살살 녹는 스테이크를 삼킨 후 승연이 감탄했다.

"진짜 맛있다, 여기."

"내가 얘기했잖아, 여기 스테이크 유명하다고. 어때? 오기 잘했지?"

"응. 챙겨야 할 애들이 없으니까 살 것 같네."

"언제는 애들이 박 쌤을 살게 하는 원동력이라고 하지 않았어?"

놀리듯 묻는 미선의 말에 승연이 순순히 제 속내를 털어놓았다. 미선이 아니면 누구한테 이런 말을 하겠는가.

"그때는 그 동력이 긍정적인 면만 있을 줄 알았지, 터질 수도 있다는 걸 몰랐어. 애들을 정말 사랑하는데 가끔 버거워. 도망치고 싶을 때도 있어. 나 진짜 나쁜 엄마지?"

엄마라면 자고로 친정엄마처럼 온전히 자식을 위해서 살아야 하는데 승연은 그게 잘되지 않았다. 승연의 엄마, 미영은 온전히 자식을 위해 희생하며 살아온 사람이었다. 자식을 다 키워놓은 지금도 여전히 자식들 뒤치다꺼리 중이다.

쓸쓸한 마음에 승연이 와인 잔을 들자 건배라도 하자는 듯 미선도 잔을 들어 승연의 잔에 부딪쳐 왔다. 쨍, 유리잔이 부딪치면서 붉은 와인이 흔들렸다. 지금 승연의 마음처럼. 향을 음미하곤 승연이 와인을 입에 머금는데 미선이 승연을 위로해주었다.

"야야. 너만큼 좋은 엄마가 어딨어? 애들 본다고 회식도 불참하는 교사는 너뿐일 걸. 너 같은 엄마를 둔 니네 애들이 복 터진 거지."

"복은 무슨. 오늘 지훈이 동생 보니까 우리 애들이 고맙더라고. 우리 애들이 지훈이 동생처럼 나한테 집착했다면 내가 어떻게 교사 생활을 계속하겠어?"

"그렇긴 하지. 애들이 아프거나 유별나면 결국 누군가는 일을 접고 애를 봐야 하니까. 그게 보통은 여자가 되는 거고."

"그래. 오늘 보니까 자식 키우는 거 좀 무섭더라. 유호 가지기 전에 고민했더니 우리 엄마가 그랬거든. 제 가지에 치여 죽는 나무 없다고. 그런데 오늘 보니까 그 속담은 틀렸어. 제 가지에 치여 죽는 나무도 있는 것 같아. 지훈이 엄마처럼. 오늘은 죽을 위기를 넘겼지만, 앞으로도 계속 그런 상황이 지속되면 또 자살하려고 할지도 몰라."

"야야, 그런 어두운 얘기 그만하고 우리 좋은 얘기하자."

"그래, 그러자. 참, 우리 애들 사진 볼래? 얼마 전에 유치원에서 배웠다고 춤을 추는데 너무 귀여운 거 있지."

어느새 와인 잔을 내려놓고 승연이 입꼬리를 한껏 올린 채 휴대폰에서 동영상을 열고 있었다. 애들이 버겁다고 하더니 무슨! 하긴 딸바보, 아들바보가 어디 가겠어?

승연의 말대로 앙증스러운 동작으로 춤추는 유진과 유호는 정말 귀여웠다. 눈에 넣어도 아프지 않을 것 같다. 이런 모습을 볼 때면 미선도 아이를 하나 낳을 걸 그랬다고 후회할 때가 있다. 하지만 그 후회는 늘 오래가지 않았다. 아이보다는 제 인생이 더 소중하니까.

"우와, 유진이, 유호 진짜 춤 잘 추네. 너 안 닮았다야."

애들 사진과 동영상도 보고 좋았던 때의 이야기도 나누고,

교사로서의 애로사항을 얘기하다 보니 스테이크 접시도 비워졌고 와인병도 바닥을 보였다. 빈 병을 흔들어 보이며 미선이 물었다.

"우리 와인 한 병 더 마실까? 안주도 간단히 하나 더 시키고. 여기 분위기가 좋아서 나가기 싫네."

"그러자. 간만에 분위기 좀 내보지 뭐."

어차피 술을 마셔서 대리를 불러야 했기에 한 병 더 마셔도 상관없을 것 같아 승연이 순순히 응하는데 테이블 위에 놓여 있던 휴대폰이 울렸다.

남편의 전화였다. 애들에게 무슨 일이 생겼나? 와락, 걱정이 되어 승연이 바로 전화를 받았다. 오늘 지훈의 집에서 겪었던 일로 인해 불안감이 더 치솟았다.

"왜? 무슨……."

무슨 일 있냐고 물으려는데 심통이 잔뜩 난 유진이의 목소리가 들렸다.

- 엄마, 나 배고파.

"아빠랑 저녁 안 먹었어?"

- 아빠가 피자 시켜줬는데 내가 싫어하는 맛이야.

'이 남자가 정말! 애를 보기로 했으면 제대로 봐야지! 걱정 말고 놀다 오라고 해놓고선!'

애들에게 물어보고 메뉴를 고르면 될 것을 또 제 맘대로 시컸나 보다. 애들이 싫어하는 거, 좋아하는 거 그걸 어떻게 몰라? 부모가 되어서는. 좋았던 기분이 다시 나빠졌다.

"아빠 바꿔 봐."

"아빠, 유호랑 게임 해."

유진이 승연에게 고자질 하는데 "아앙, 아빠 미워! 아빠 미워!" 통곡하는 유호의 목소리가 들렸다. 아무래도 게임을 하다가 또 유호를 울린 것 같다.

왜 남자들은 아이를 봐준다고 하면서 매번 울리는 건지. 이해가 되지 않았다.

"학습지는? 학습지는 했어?"

"아니."

하아, 한숨이 절로 나온다. 남편을 믿은 내가 바보지.

미선과의 만남을 파하고 승연이 집에 오자 엉망이 된 집안이 먼저 들어왔다. 거실 테이블 위에는 먹다 남긴 피자와 피클, 콜라를 부어 마셨을 거라고 추정되는 컵이 널려 있었고 바닥에는 1.5L 콜라병이 눕혀져 있었다.

"엄마!"

반갑게 저를 맞는 유진과 달리 남편과 유호는 게임 삼매경에 빠져 있었다. 남편은 고개도 돌리지 않고 "왔어?"라고 말하곤 다시 게임에 열중한다.

아이를 보는 건지, 망치는 건지. 화가 또 치밀어 올라 버럭 소리를 질렀다.

"진짜 너무하는 거 아니야! 애들 학습지도 안 시켰다며!"

"하기 싫다고 하는데 어떻게 시켜?"

"사람이 하고 싶은 일만 하고 어떻게 살아? 하기 싫어도 해야 하는 건 하게 해야지."

"어쩌다 한 번인데 뭘. 노는 날도 있어야지."

그러니까 노는 건 저랑 하고 공부나 기타 힘든 일은 다 그녀에게 미루겠다는 뜻 아닌가. 무책임한 남편의 말에 고마웠던 마음이 싹 날아갔다. 또 남편이 미웠다. 정말 요즘 마음이 왜 이러는지 모르겠다. 미선의 말대로 내가 과부하 상태인 걸까?

승연이 유진의 저녁을 먹이고, 두 아이의 학습지를 시키고, 내일 등원할 준비물을 챙기고, 아이들을 재우고 나자 10시가 다 되어갔다. 안방으로 들어가 침대에 지친 몸을 누이자 남편이 슬금슬금 그녀의 몸을 더듬었다.

"치워!"

남편의 손을 탁 떨쳐내며 승연이 싸늘한 말투로 쏘아붙였다. 지금 내가 남편과 오붓한 시간을 갖고 싶겠는가. 그녀의 그런 마음도 모르고 정식은 또 그녀에게 달라붙었다.

하긴 정력이 강한 남자인데 금욕기간이 길었으니 몸이 달아 있을 것이다. 역시나 그가 그녀의 몸을 야릇하게 어루만지며 사정해왔다.

"승연아. 나 좀 봐 주라, 응? 너무 오래 참았단 말이야."

"그게 내 탓이야? 매일 늦게 들어온 자기 탓이지. 게다가 오늘 애들 봐주겠다고 해 놓고 결국 나 일찍 들어오게 만들었잖아. 오늘 내가 무슨 일을 겪었는지 뻔히 알면서."

승연이 화가 나서 따지고 들자 정식은 할 말이 없었다. 정식도 오늘은 승연에게 온전한 자유를 주려고 했다. 하지만 아이들을 보는 건 쉽지 않았다. 저는 놀아준다고 생각했는데 아이들은 귀찮아했다. 이럴 때는 바짝 엎드리는 게 수다.

"미안, 승연아. 진짜 미안. 애들 잘 보려고 했는데 내 능력이 너무 부족한가 봐. 오늘 스트레스 제대로 못 풀었으니까 내일은 애들 장모님한테 맡기고 우리 여행 가자."

"엄마한테 어떻게 맡겨? 민서 보시는 걸로도 버거워하시는데."

개념 없는 정식의 말에 짜증이 다시 치밀어 승연이 따지고 들었다. 왜 맨날 우리 엄마한테만 아이들을 맡길 생각을 하는지.

유진과 유호를 키워준 후에도 엄마는 남동생 승우의 아이, 민서를 보느라 고생 중이다. 요즘 어깨도 아프고 관절도 안 좋다고 하시는데 신경이 안 쓰일 수가 없었다.

우리 애들은 남편 성씨 따라 김씨 성을 쓰고 명절이 되면 시댁부터 가는데도 시어머니는 왜 아이들 봐 줄 생각은 조금도 안 하시는지.

몸이 안 좋아서 애들 볼 상황이 아니라고 하는데, 흥이다. 몸이 안 좋긴 개뿔. 애를 봐주기 싫어서 하는 핑계인 걸 누가 몰라? 수시로 쇼핑 다니고 수시로 친구들과 모임 가지는 거 뻔히 아는데.

"주말에는 처남댁이 민서 데리고 간다며? 이번 주만 봐 달라고 하자. 당신 지금 스트레스 만땅이라 풀어야 해. 우리 간만에 연애 기분도 좀 내고, 응? 승연아."

정식이 거듭 조르자 승연의 마음이 흔들렸다. 여행, 정말 가고 싶긴 하다. 아이가 없는 미선은 방학 때만 되면 해외로 여행을 가고 평소에도 한 달에 한 번 정도는 여행을 다녔다. 부럽지 않을 수가 없었다.

7

넓지는 않지만 잘 정돈 된 25평의 아파트 침실.

60대 초반으로 보이는 여자가 여행 가방에 옷과 필요한 용품들을 차곡차곡 쌓고 있다. 지금 상황이 몹시 즐거운 듯 여자의 얼굴에는 봄처녀 같은 설렘이 묻어 있었고 콧노래까지 흥얼거렸다.

흰머리가 희끗희끗한 60대 중반의 남자가 그런 여자를 못마땅한 기색으로 힐끔거리더니 쯧쯧 혀를 차며 그예 한소리 한다.

"나이 먹어서 여행은 무슨 여행이야? 그것도 여자끼리. 외박까지 하면서. 세상 말세야, 말세."

"이 나이 먹어서 처음으로 1박 2일 여행 가는 거예요. 말릴 생각 마요."

"내 밥은 어쩌고?"

"밥도 해 놨고 국도 끓여놨는데 그거 하나 못 챙겨 먹어요? 이번에도 못 가게 막으면 나 진짜 이혼할 테니까 그렇게 알아요!"

미영이 단호한 목소리로 엄포를 놓았다. 무슨 일이 있어도, 남편이 아무리 말려도 이번에는 꼭 여행을 갈 참이다.

능력도 없으면서 꿈만 원대해서 계속 사고만 쳐대는 남편 대신 미영은 동네에서 미용실을 운영하며 기를 쓰고 두 아이를 키웠다. 자식들은 저와 달리 번듯한 직업을 갖기를 원했기 때문이다.

제 소망대로 딸은 초등학교 교사, 아들은 대기업 직원이 되었는데 그녀는 여전히 여행 한 번 가 보지 못했다.

자식들이 결혼해서 아이를 낳자 아이들의 양육을 맡아야 했던 것이다. 모아놓은 돈이 없어서 자식 결혼할 때 결혼자금도 제대로 주지 못했기에 애들이라도 봐 주면서 그들에게 도움이 되고 싶었다.

그게 벌써 10년이 다 되어간다.

첫 손주 봐 줄 때만 해도 젊어서 괜찮았는데 요즘은 유독 힘이 든다. 힘이 넘치는 아이 쫓아다니다 보면 관절도 아프고 기력도 달린다. 손목도 어깨도 안 아픈 곳이 없다.

육체적인 것보다 더 문제인 건 정신.

자꾸만 깜박깜박하기에 한 달 전쯤 병원에 가서 검진을 했더니 치매 초기라고 했다. 요즘 60은 노인네 소리 듣는 나이도 아닌데 벌써 치매라니? 하늘이 무너져내리는 것 같았다. 날벼락도 이런 날벼락이 없었다.

내 나이 이제 60인데 어떻게 벌써 치매가 올 수 있냐고 물었더니 육아 스트레스로 인해 우울증이 심해지면 그럴 수 있다고 했다.

가족들에게는 말도 못하고 친한 친구 인숙에게 얘기했더니 더는 희생하지 말고 더 늦기 전에 네 삶을 즐기라고 했다.

그러면서 인숙이 제안한 1박 2일 여행.

주말이면 며느리가 손주 민서를 데리고 가니까 가능할 것도 같았다. 들뜬 마음으로 인숙과 계획을 짰다.

조금이라도 예뻐 보이기 위해 어제는 예전 솜씨를 발휘해 염색도 했다. 희끗희끗하던 머리가 부드러운 다갈색 머리칼로 변하자 다섯 살은 젊어 보이는 것 같다. 상당히 마음에 들었다.

불만을 담아 옆에서 계속 투덜거리는 남편을 무시하고 미영이 계속 짐을 싸는데 휴대폰 벨소리가 울렸다.

얼른 액정을 보자 같이 여행 떠나기로 한 친구 인숙이었다.

"어. 인숙아, 왜?"

- 준비는 다 되어 가? 선글라스는 챙겼어? 우리 나이에 선글라스 필수인 거 알지? 선글라스 안 쓰고 사진 찍으면 못 봐 줘.

"선글라스 없는데."

- 없어?

"응. 내가 선글라스 쓸 일이 있었어야 사지."

- 하긴. 내 거 하나 더 챙겨갈 테니까 다른 짐이나 잘 챙겨.

손주들 보느라 부쩍 늙어버린 미영과 달리 인숙은 제법 럭셔리하게 살고 있다. 여행도 다니고 맛집도 찾아다니고. 결혼 전만 해도 생활 수준이 거의 비슷했는데 결혼을 하고 난 후 완전히 달라졌다. 대기업 직원인 남편 덕분에 인숙의 삶은 풍요로워졌다. 이래서 '여자 팔자 뒤웅박 팔자'라는 말이 나온 것 같다. 누굴 탓하겠는가. 남자 보는 눈이 없던 저를 탓해야지.

"알았어. 내일 봐."

여행 가는 것이 여전히 못마땅한지 남편이 옆에서 투덜거렸지만 미영은 못 들은 척했다. 이번에도 못가게 막는다면 진짜 이혼도 불사할 생각이다.

미영의 남편 한량은 이름 그대로 한량 같은 삶을 살았다. 든든한 직장을 가진 그가 마음에 들어서 결혼했는데 결혼 후 5년 만에 그가 사표를 던지고 그 좋은 직장을 뛰쳐나왔다.

사업병에 걸려 평생 할아버지가 남긴 재산을 탕진하고 엄마와 자식들을 힘들게 하던 아버지와 다른 남자인 줄 알았는데 꼭 아버지와 같은 짓을 했다.

딸 팔자 엄마 닮는다고 하더니 정말 그랬다.

그녀 역시 자식 키우느라 뼈 빠지게 살아온 엄마처럼 자식을 책임지며 살아왔다. 아마 아버지가 돈 벌고 엄마는 살림하는 보통의 가정에서 자랐다면 미영은 남편을 달달 볶았을지 모른다. 돈 벌어오라고. 이대로는 못 산다고.

하지만 아버지 대신 엄마가 돈 벌어서 자식 키워온 것을 보아온 그녀였으니 엄마의 삶을 그대로 답습하고 있었다.

어쨌든 치매가 그녀의 뇌를 더 망가뜨리기 전에 여행이라는 것을 한 번 가 보리라. 인간답게 살아보리라.

가방을 다 챙기고 침대에 누웠건만 미영은 잠도 오지 않았다. 마치 소풍 전날 들뜬 마음에 잠도 이루지 못하는 초등학생 아이의 마음과 다를 바 없었다.

새벽녘에야 잠이 들었지만 다음 날 아침 알람이 울리자 미영은 바로 몸을 일으켰다. 잠이 부족했지만 하나도 피곤하지 않았다. 친구와 여행을 떠날 생각을 하니 그저 신이 났다. 오늘따라 날씨가 왜 이리 좋은지. 꽃놀이 가기에 딱이었다.

화장실에 가서 씻고 공들여 화장을 한 후 아침을 차리는데 딩동, 초인종 소리가 들렸다.

'인숙이 벌써 왔나? 아직 약속시간이 되지 않았는데?'

앞치마에 손을 닦고 거실로 나가자 남편이 현관문을 열어주었는지 사위와 딸, 손녀, 손자가 보였다.

"할머니!"

"함머니!"

"아유, 우리 유진이, 유호 왔어?"

제 손으로 키웠던 손녀, 손자를 반갑게 맞으며 미영은 유진과 유호의 머리를 부드럽게 쓰다듬었다. 다섯 살이라 유호의 발음이 아직 또렷하지 않지만, 그저 귀엽기만 했다.

그런데 아침부터 무슨 일이지? 주말에 이렇게 일찍 일어나는 아이들이 아닌데? 불안한 예감에 미영이 승연에게 조심스럽게 물었다.

"아침부터 어쩐 일이야?"

"미안, 엄마. 오늘 우리 애들 좀 봐 줘. 나 김 서방이랑 바람 좀 쐬고 올게."

어쩐지 불안하더라니? 평소 같았으면 그래라, 라며 흔쾌히 받아들였겠지만 오늘은 그럴 수가 없었다. 난감한 표정으로 미영이 거절의 의사를 밝혔다.

"어쩌냐. 엄마 오늘 안 되는데. 엄마도 오늘 여행 가."

"아아……, 오늘이 그날이야?"

"응."

엄마가 여행을 간다는 말을 듣긴 했는데 그날이 오늘인 줄은 몰랐다. 어떻게 해야 하지? 다시 애들을 데리고 집으로 가야 하나? 호텔도 다 예약했는데.

게다가 남편의 말대로 지금은 스트레스가 너무 많이 쌓인 상태. 이대로 집에 갔다간 울화병에 죽을 것만 같았다.

엄마는 친구랑 단 둘이서 가는 여행이니 일주일 미루면 되지 않을까? 승연이 미영에게 사정했다.

"엄마, 다음 주에 가면 안 돼? 인숙 이모랑 둘이서 가는 거니까 일주일만 미뤄도 되잖아."

"오늘만 시댁에 맡기면 안 돼? 사부인도 한 번 정도는 봐 주실 수 있잖아. 호텔이랑 다 예약해 뒀단 말이야."

"여행 갈 건데 시댁에 어떻게 맡겨?"

출근할 때에도 못 봐준다고 못을 박던 시어머니가 여행 간다고 하는데 봐 줄 리가 없다. 그걸 뻔히 알면서 시댁 타령을 하는 엄마가 승연은 서운하기까지 했다.

"오늘만 좀 봐줘, 엄마. 내가 너무 힘들어서 그래. 숨이 막혀서 죽을 것 같아. 돌아버릴 것 같단 말이야."

"부탁드릴게요, 장모님. 이 사람 스트레스가 보통이 아니어서요. 어제 학교에서 안 좋은 일도 겪었고요. 호텔은 다음 주에 제가 다시 잡아드리겠습니다."

딸이 죽을 것 같다고 하는데 안 된다고 할 수도 없고 그렇다고 난생 처음 잡은 1박 2일 여행을 망치고 싶지도 않고.

이러지도 저러지도 못한 채 미영이 대답도 못하고 있는데 한량이 냉큼 나섰다. 딸 덕분에 보내고 싶지 않던 아내의 여행을 막을 수 있어서 반가운 기색이 역력했다.

"애들 두고 가게. 승연이가 오죽하면 그러겠는가."

"예, 아빠."

"그럼, 장모님, 장인어른 잘 부탁드립니다. 이걸로 맛있는 거 시켜드십시오."

봉투 하나와 함께 아이들을 맡기고 정식은 고개를 꾸벅 숙이며 인사하고 승연과 함께 엘리베이터로 갔다.

졸지에 여행을 포기해야 할 상황에 처하자 미영은 속이 부글부글 끓었다. 딸도 밉고 사위도 미웠다. 사랑스럽기만 하던 손녀, 손자도 지금은 하나도 반갑지가 않았다. 가장 짜증 나는 인간은 제가 봐 줄 것도 아니면서 덜컥 두고 가라고 선언한 남편.

제 생애 도움은커녕 매번 폐만 끼치는 남편이 죽이고 싶도록 미웠다. 짐만 되는 남편, 차라리 없는 게 나았을 텐데. 무슨 영화를 보겠다고 이혼도 하지 않고 데리고 살다가 이렇게 또 덤터기를 쓰는 건지.

그 와중에도 눈치 없는 손주들은 미영의 손을 잡고 배고픔을 호소했다.

"할머니, 배고파!"

"나도 나도!"

심사가 편치는 않았지만 배고프다는 아이를 외면할 수는 없어서 미영은 아이들을 데리고 주방으로 들어갔다. 입맛이 뚝 떨어진 그녀와 달리 남편은 지금 상황이 마음에 드는 듯 맛있게 아침밥을 먹는다. 웬수 같은 남편을 째려보며 미영은 아이들 밥을 먹였다. 잠시 틈을 내어 친구 인숙에게 톡을 보냈다. 여행을 못 가게 되었는데 인숙이 헛걸음하게 할 수는 없었다.

『인숙아, 우리 여행 못 가겠다. 승연이가 여행 간다고 애들 맡기고 갔어. ㅜㅜㅜ』

톡을 보내고 나자 바로 인숙에게서 전화가 걸려왔다.

- 그게 무슨 소리야? 안 된다고 딱 잘라 말했어야지.

"죽을 것 같다는데 어떡해? 진짜 미안하다. 예약하고 스케줄 짜느라 네가 고생했는데. 그렇게 알고 일단 오늘은 오지 마. 애들 밥 먹이고 내가 다시 전화 걸게."

그렇게 얘기하고 전화를 끊었지만 미영은 인숙과 통화할 생각이 없었다. 인숙과 통화를 하면 자식욕을 하게 될 것만 같았다.

밥을 먹이고 유진의 머리를 예쁘게 묶어주고 함께 TV를 보고.

떡볶이 타령을 하는 아이들에게 떡볶이를 해서 먹이고 나자 오후가 되었다. 집에 있기 갑갑한지 아이들이 미영의 손을 잡아끌었다.

"할머니, 할머니, 우리 밖에 나가자. 밖에 나가서 놀자, 응?"

"할머니, 바께 나가. 바께 나가서 노라."

"할머니 힘든데. 그냥 집에서 놀자, 응?"

"시러시러. 바께, 바께 나가!"

아이들의 성화에 미영은 쿡쿡 쑤셔오는 무릎을 주먹으로 톡

톡치며 힘들게 몸을 일으켰다. 젊어서 고생을 많이 한데다가 손주 셋을 키우고 나니 관절 마디마디가 쑤시고 아팠다.

오늘도 기운이 뻗치는 두 아이들을 데리고 나가 놀다가 오면 저녁에는 관절통에 끙끙 앓을 것이다.

애들 두고 가라고 했으면 애들이나 볼 것이지 친구 만나고 온다고 홀랑 나가버린 남편이 또 미웠다.

봄볕이 따사로웠다. 날씨가 풀려서인지 놀이터에는 아이들로 바글거렸다. 에너지가 넘치는지 아이들은 세 시간을 놀아도 들어갈 생각을 하지 않았다.

"유진아, 유호야. 이제 집에 들어가자. 할머니 힘들다."

"시러시러. 더 노꺼야. 더 노꺼라고!"

아무리 미영이 사정해도 한참 신이 난 아이들은 들어갈 생각을 안 했다. 여행 갈 거라고 들떠 있는 상태에서 억지로 접어야 했기에 실망이 커서인지, 아니면 어젯밤 잠을 설쳐서인지 오늘따라 애들을 보는 것이 몸에 부쳤다. 짜증도 났다.

평생을 자식을 위해 먹지도 자지도 못하고 양보만 하고 살아왔는데 자식을 다 키운 지금도 왜 육아의 늪에서 벗어나지 못하고 있는지.

'자식을 낳는다는 것이 이렇게 무거운 죄일까? 평생을 헌신하고 살아야 할 만큼?'

하늘하늘 떨어져 내리는 벚꽃잎을 보니 더 서러워졌다. 제

인생 역시 조만간 저렇게 떨어져 내리고 말 것이 자명했기에.

치매라는 병은 낫는 병이 아니니까.

서서히 하나씩 잊어버리다가 종국에는 제 이름조차 잊어버릴 것이다. 제 삶이 너무 허무했다.

'내년에는 내가 제정신으로 저 꽃을 볼 수 있을까? 혹시 요양원에 가 있는 건 아닐까?'

정성으로 자식을 키웠지만 자식이 절 정성으로 돌봐줄 것을 기대하지는 않는다. 제 식구 건사하기도 힘들 테니까.

괜히 서러워져 손등으로 흘러내린 눈물을 쓰윽 닦는데 유진과 유호가 놀이터에서 튀어나와 큰길로 뛰어 갔다.

"얘, 얘. 유호야, 유진아! 위험하다. 위험해. 뛰지 마, 응?"

미영이 사정했지만 움직이는 빨간 신호등인 두 아이는 그녀의 말을 듣지 않았다. 2년 사이에 아이들이 더 활발해져서 시원찮은 다리로는 도저히 따라갈 수가 없었다. 순식간에 두 아이가 그녀의 시야에서 사라져버리자 미영은 아찔해졌다. 그 와중에 그녀의 휴대폰이 시끄럽게 울려댔다.

8

승연과 정식이 도착한 곳은 인천의 바닷가.

이곳에 와서 분위기 좋은 레스토랑에서 식사를 하고 막 산책을 나온 참이다.

에메랄드 빛깔의 바다는 보기만 해도 속이 시원했다. 쏴아 쏴아, 파도소리는 막힌 가슴을 탁 트여주는 듯했다. 발바닥에 닿는, 스르르 빠져나가는 모래의 감촉까지도 좋았다.

"어때? 잘 왔지?"

"응. 속이 탁 트이네. 고마워, 정식 씨. 두 달에 한 번이라도 이렇게 나오면 진짜 좋겠다."

엄마에게는 몹시 미안했지만 승연은 오늘 남편 따라 이곳에 오길 정말 잘했다 싶었다.

그동안 쌓였던 육아 스트레스도, 교사로서 아이와 학부모들에게 받은 스트레스도, 어제 지훈의 집에서 놀랐던 일도 다 치유되는 것 같았다.

최소한 두 달에 한 번 정도는 이렇게 아이들 없이 하루만 살아도 좋을 것 같은데.

아이들을 무척이나 사랑하지만 아이 없이 자유로운 시간이 그렇게 행복할 수가 없었다. 아마 많이 지친 상태라 그런 듯했다.

"그렇게 하면 되지 뭐."

"또 우리 엄마한테 애들 맡기고?"

"용돈 두둑이 드리면 되지 않을까?"

당신 엄마는 못 봐? 왜 매번 우리 엄마만 고생해야 해? 따져 묻고 싶었지만 좋은 기분을 망치고 싶지 않았다. 이런 일로 싸우기에는 지치기도 했고.

그저 아이들 없이 보내는 홀가분한 시간을 즐기고 싶었다.

대답 없이 바다를 보는 승연에게 정식이 청했다.

"그럼 오늘 밤 우리 뜨거운 시간 보내는 거야. 알았지?"

몸이 고달파서 남편의 요구들을 들어주지 못한 지 제법 되었더니 남편도 아마 한계에 부딪쳤나 보다. 이렇게 여행까지 와서 분위기를 조성하는 것을 보니.

집과 달리 바닷가에 왔더니 그녀 역시 살짝 몸이 동하기도 했다.

"알았어. 간만에 분위기 잡지, 뭐."

흔쾌한 승연의 허락에 정식의 입꼬리가 보기 좋게 휘어졌다. 아내가 힘들어하는 걸 알기에 그 역시 욕구를 죽이며 살아야 했는데 오늘은 이렇게 그를 받아주겠다고 하니 얼마나 좋은지.

바닷바람이 차가운지 살짝 몸을 떠는 승연의 어깨를 감싸 안으며 정식이 물었다.

"춥지? 아직 바닷바람은 차갑네. 일단 체크인부터 하자. 오션 뷰로 잡아놨으니까 룸에서 바다 봐도 돼."

바다가 환히 내려다보이는 스위트 룸. 남편이 장담한 대로 호텔 룸은 근사했다. 평소 같았으면 쓸데없는데 돈을 쓴다고 나무랐겠지만 오늘은 넘어가기로 했다. 덕분에 그녀의 기분이 한결 더 좋아졌으니까.

"진짜 멋있다!"

창에 서서 바다를 보며 승연이 감탄하는데 휴대폰이 울렸다. 액정을 보자 엄마였다. 승연이 얼른 전화를 받았다.

"어, 엄마. 왜"

- 승연아. 승연아, 어떡하면 좋으니. 애들이 없어졌다."

"그, 그게 무슨 말이야, 엄마? 애들을 잃어버렸다니?"

확인하듯 묻는 승연의 목소리가 덜덜 떨려 나왔다. 애들을 잃어버렸다니? 상상도 못했던 말이었다. 아닐 거야. 아닐 거야. 내가 잘못 듣고 있는 거야.

― 애들이랑 놀이터에 나왔는데…… 분명히 놀이터에서 놀고 있었는데…… 아무리 찾아도 애들이 안 보여. 어떻게 해, 승연아……. 나 너무 무섭다.

횡설수설하는 엄마의 말을 듣자 승연의 다리에서 힘이 풀려 버렸다. 하도 숨이 막혀서 무려 2년 만에 아이들을 두고 여행 왔는데 이런 날벼락 같은 일이 생길 줄이야.

이럴 줄 알았으면 아무리 힘들어도 그냥 애들이나 보고 있을 걸. 즐거웠던 여행이 지옥으로 변한 건 순식간이었다.

친정으로 향하는 승연의 마음은 초조하고 불안했다. 남자아이라 그런지 유호가 가끔 돌출행동을 했다. 승연 역시도 잃어버릴 뻔했던 경우가 여러 번 있었다.

유호는 그렇다치고 유진이라면 이렇게 오래도록 연락을 안 할 리 없는데…….

천방지축 유호와 달리 유진이는 어딘가로 가면 어른들 걱정한다고 꼭 연락을 했다. 그런데도 연락을 하지 않는 것을 보니 납치된 건 아닐까 의심까지 들었다.

아이를 잃어버릴지 모른다고 생각하자 아이들 돌보느라 육체가 힘들었던 건 아무것도 아니었다. 피가 바짝바짝 말랐다. 두려워 죽을 것 같았다.

이곳저곳에 전화를 걸어보았지만 아이들을 봤다는 사람은 아무도 없었다.

아파트로 들어서자 "유진아, 유호야!"를 부르며 여기저기 뛰어다니는 가족들이 보였다. 아이들이 없어진 지 벌써 세 시간. 이러다가 정말 못 찾게 될까 봐 불안했다.

"엄마, 아직도 못 찾았어?"

하얗게 질린 얼굴로 동동거리는 미영에게로 다가가며 승연이 물었다.

"응. 아직."

"도대체 어떻게 된 거야? 놀이터에서 놀았다며? 그런데 어떻게 아무 생각도 안 날 수가 있어?"

"그게, 그게 말이야……. 사실은 엄마가 요즘 깜박깜박해. 병원에 가서 검사했더니 치매라고 하더라. 그래도 이렇게 당장 문제를 일으킬 줄은 몰랐어."

"뭐? 치매?"

"응"

충격에 충격이었다. 할 말을 잊고 승연이 멍하게 미영을 보는데 미영의 휴대폰이 울렸다. 액정을 보니 인숙이었다. 세 시간 동안 통화가 되지 않던 친구 인숙이. 바로 전화를 받으며 미영이 다급하게 물었다.

"어. 인숙아. 너 혹시……."

용건을 다 묻기도 전에 인숙이 다다다다 미영을 쏘아댔다.

– 야, 너 어디야? 왜 안 와? 아우, 진짜! 난 정말 애 못 보겠다. 니네 손주들 왜 이렇게 힘이 넘쳐?

"우리 애들 너랑 같이 있어?"

– 애 좀 봐, 애 좀 봐. 여기 너랑 같이 왔잖아. 애들 갈아입을 옷 챙겨오겠다고 간 사람이 어떻게 소식이 없어?

옆에 있는 바람에 휴대폰을 통해 인숙의 목소리가 그대로 들리자 승연이 다급하게 휴대폰을 낚아챘다.

"이모, 저 승연이에요. 지금 우리 애들이랑 같이 계시는 거 맞아요?"

– 응. 그런데 왜?

인숙의 말에 승연은 비로소 안도했다. 가슴을 쓸어내리며 감사를 전했다.

"하아, 정말 다행이다. 정말 감사합니다. 전 우리 애들 잃어버린 줄 알고. 거기 어디예요? 제가 갈게요."

– 여기 **동에 있는 *** 키즈카페야.

"거기 알아요. 제가 바로 갈게요. 조금만 더 봐 주세요."

그렇게 달려간 키즈카페.

온 가족들의 간담을 서늘하게 만들어놓고선 아이들은 땀까지 뻘뻘 흘리며 신나게 놀고 있었다. 허탈한 마음이 잠시 들었지만 그래도 다행이다 싶었다.

아이들을 무사히 찾고 나니 이제 엄마 문제를 의논해야 했다. 치매가 온 엄마에게 아이를 맡기는 건 상당히 위험했다. 아이를 돌봐줄 사람이 없어진 올케와 남동생이야 한동안 힘들어지겠지만, 오늘 같은 일을 겪는 것보다는 나으리라.

이왕 가족들이 다 모였으니 오늘 가족회의를 해야지.

승연이 아이들을 데리고 키즈카페에서 나오자 서녘 하늘이 빨갛게 물들고 있었다. 종일 세상을 밝게 비추며 제 할 일을 다한 태양이 이제는 쉬러 가는 모습이었다.

그게 마치 엄마의 모습인 것만 같아 승연은 괜히 마음이 울적했다.

9

일주일 후 고속도로.

미영은 친구 인숙과 여행을 가는 중이다. 고속도로 양 옆의 산등성이에는 꽃들이 울긋불긋 피어 있었다. 창문을 살짝 내리자 꽃향기가 전해지는 것도 같다. 아마 기분탓이겠지. 매연으로 가득찬 고속도로에서 무슨 꽃향기가 나겠는가.

흐음, 숨을 들이쉬는 미영을 힐끔 쳐다보고 인숙이 어깨에 힘을 주며 물었다.

"어때? 내 말 듣기 잘했지?"

인숙에게로 고개를 돌리며 미영이 환한 얼굴로 대답했다.

"응. 네 덕분에 내가 살았어."

사실 아이들을 잃어버렸던 그날의 소동은 다 인숙의 계략이었다. 덕분에 미영이 치매 판정을 받았다는 사실을 가족 모두가 알게 되었고 아들은 손주 민서를 어린이집에 보내겠다고 했다.

며느리는 민서는 그렇다치고 곧 태어날 둘째는 어떡하냐고 울상을 지었지만 이제 그건 그들이 알아서 할 일. 더는 신경 쓰지 않기로 했다. 자식 둘 키우고 손주 셋을 그만큼 키워줬으면 저도 할 만큼 했다고 생각하니까.

일주일 전.

여행이 캔슬 되었다며 미영이 오지 말라고 했지만 그녀의 심정이 어떨지 짐작되어 인숙은 위로차 미영을 찾아왔다.

집에 없기에 전화를 걸었더니 애들이 없어져서 찾는 중이라고 했다.

인숙까지 합류해서 여기저기 뛰어다니며 아이들을 겨우 찾았는데 미영이 헉헉거리며 몹시 힘들어했다.

"아이고, 이제 진짜 애들도 못 보겠다. 너무 힘들어. 이래가지고 며느리 둘째 낳으면 어떻게 봐주지?"

관절이 많이 아픈지 주먹으로 무릎을 콩콩 치며 미영이 걱정을 하자 인숙은 제가 더 화가 났다. 치매 판정까지 받고 무릎도 시원치 않으면서 어떻게 또 애를 보겠다는 말을 해?

"너 그 몸으로 갓난아기를 어떻게 봐? 매일 목욕도 시켜야 할 것이고 시간 맞춰 분유도 먹여야 할 텐데. 못한다고 해."

"그러고 싶은데. 정말 그러고 싶은데⋯⋯, 그럼 애는 누가 봐? 며느리 친정은 아이 봐 줄 사람이 없어."

"둘 다 돈 잘 버는데 사람 쓰면 되지. 당장 얘기해. 그래야 네 며느리도 대책을 세울 거 아니야."

"⋯⋯."

"너 정말 애만 보다가 요양원 들어갈래? 네가 제 자식들 키워줬다고 네 자식들이 치매 걸린 엄마 챙길 것 같아? 너, 자식들한테 진짜 할 만큼 했어. 이제 그만해도 돼. 늙고 병들어서까지 자식 뒤치다꺼리하라는 건 너무 잔인하잖아. 그것도 젊고 건강한 자식을. 죽기 전까지 평생 이렇게 자식을 챙겨야 한다면 겁이 나서 누가 자식 낳겠어? 너 치매도 육아 스트레스로 인한 우울증에서 온 것 같다며?"

"응. 의사가 그럴 가능성이 크다고 하더라. 그래도 입이 안 떨어져. 실망하는 자식들 얼굴 못 볼 것 같아."

"아우 진짜! 내가 미친다, 미쳐!"

답답한 듯 인숙이 제 가슴을 탕탕 치더니 주변을 둘러보고 미영에게 귓속말을 했다.

"내가 해결해 줄 테니까 시키는 대로 해, 알았지?"

네메시스(Nemesis). 네메시스는 그리스 신화에서 복수의 여신을 뜻한다. 복수의 여신이지만 이는 가시적인 역할로, 신화에서의 네메시스는 순리를 의미하는 것으로 여겨지기도 한다. 인(因)과 과(果), 즉 업보를 상징하는 것이다. 또한 율법의 여신으로서 방자한 인간에 대한 신들의 보복을 의미하며 거만한 자와 분노한 자에 대한 신의 보복을 형상화한 신격이기도 하다. (출처: 나무위키)

네메시스

박소해

1

물이 부글부글 끓는다. 불을 줄이고 요리용 젓가락으로 냄비 안의 물을 한 방향으로 재빠르게 휘저어 준다. 휘몰아치는 소용돌이가 사라지기 전에 계란을 물에 떨어트린다. 투하된 계란이 소용돌이 속에서 미친 듯이 돌다가 노른자가 마치 강보에 감싼 아기처럼 흰자에 쌓인 채 익어간다. 모양이 잡히면 타공 국자로 수란을 떠서 접시로 옮긴다. 보라, 오늘의 수란이 탄생했다. 단 한 군데도 터지거나 덜 익은 곳이 없다. 형태와 색깔이 알맞다.

완벽한 수란을 만들기 위해서는 숙련된 기술이 필요하다. 고객의 마음을 다룰 때에도 마찬가지다.

"사모님, 아침식사입니다."

나는 문을 노크했다. 대답이 없다. 문 가까이에 귀를 대봤다. 침묵. 아주 밀도 높은 침묵. 수란, 살짝 데친 브로콜리, 보성녹차를 우린 찻물에 백미 밥을 담고 저염 백명란과 쪽파를 송송 썰어 장식한 오차즈케, 제주 조릿대차를 담은 찻잔, 백김치, 정원에서 따온 장미꽃이 꽂힌 화병이 차려진 쟁반을 문가에 내려 놓았다. 오늘도 실패인가. 근무를 시작하고 한번도 고객의 얼굴을 보지 못했다.

나는 항상 고객의 아침식사는 직접 요리한다. 십 년 전, 시터가 된 후 지켜온 철칙이다. 정성스럽게 조리한 요리를 정갈하게 그릇에 담아서 차려주면 고객은 선물을 받은 기분이라고 했다. 르 꼬르동 블루 졸업증과 한식 조리사 자격증이 있지만 내 요리 실력의 팔 할은 칠대 독자에 종손인 아빠에게 빚졌다. 아빠는 엄마에게 일년에 삼십 번이 넘는 제사를 강요했다. 집안에서 유일한 딸인 나는 여덟 살부터 엄마를 도와 부엌에 섰다.

일주일 전 인력 회사 황 매니저한테서 전화가 왔다. 아기 기저귀를 갈면서 통화했다.

"당장 면접? 안 되겠어. 이 집에서 아기 백일까지 일해 달라고 사정사정해서 벌써 보너스까지 받았는데."

황 매니저는 코웃음을 쳤다.

"아이 참, 언니는. 그깟 보너스 돌려주면 되지. 평범한 고객은 절대 아니야. 무려 태화의 막내아들이니까 재벌 집안이야. 면접만 보면 일하지 않는다고 결정해도 급행 면접비를 준다고 하니까 속는 셈 치고 가봐요. 그 집 사모님이 애 낳고 반 년 쯤 지났는데 산후우울증이 심하게 와서, 방 안에서 아예 안 나온 대요. 문을 걸어잠그고 아기를 안 보여준대. 고객이 최고 중의 최고를 보내 달래. 내가 특별히 언니를 추천했으니까 그냥 면접 아르바이트다, 생각해요. 면접만 봐도 백만 원이예요. 그 돈 회사에는 안 줘도 돼."

마음이 동했다. 장 보는 척하며 가볼까.

"남편과 시어머니가 걱정이 태산이래. 이러다가 송장 치울까 싶어서. 아기한테 무슨 해코지라도 할까 봐 이러지도 저러지도 못하고."

"그 사모님 친정 엄마는 뭐하고?"

"친정 엄마는 어렸을 때 죽었대. 새엄마가 있긴 하지만 사이가 나쁘고. 계모가 그렇지 뭐."

"남편이 못하는 걸 나라고 할까."

"언니, 일단 들어봐. 그 댁 사모님이 정상적으로 방 밖으로 나와서 식사하고 산책하고 병원에 다니게 만들어주면 특별 보너스 삼백만 원. 매일 지불하는 임금과는 별도. 일당은 하루에 이십만 원. 특수한 상황이라 무조건 입주를 원하고, 대신 매주

일요일은 휴무. 집으로 가도 좋대요."

"아, 네 체면 생각해서 일단 가볼게. 주소와 연락처 불러."

"언니, 같은 강남이야. 택시 왕복해서 후딱 면접 보고 와. 당장 와달래, 당장."

단정하게 화장을 하고 집 밖으로 나서자 비가 내리기 시작했다. 목에 둘렀던 스카프를 머리에 쓰고 장바구니를 어깨에 걸은 다음 택시를 잡았다. 십 분 후 황 매니저가 부른 주소대로 찾아간 곳은 고급 빌라단지가 모여 있는 강남구 부촌 동네의 가장 높은 언덕에 위치한 대저택 앞이었다.

대저택은 집이 아니라 거대한 성 같았다. 대지가 최소 이천 평 이상 되어 보였고 적어도 팔 미터는 넘어 보이는 높은 회색 벽돌 담장에 둘러 쌓여 있었다. 담장 꼭대기로 저택의 검은 지붕과 하늘을 향해 솟은 소나무, 은행나무, 상수리나무와 장미 울타리가 언뜻 보였다. 비바람이 불자 스스스스 나무들이 좌우로 심하게 흔들렸다. 빗줄기는 점점 더 거세어졌다.

택시를 타기 전에 고인이 된 태화 태명수 회장이 살았던 이 집에 대해서 검색했다. 유명한 건축가 김사근이 1976년 박정희 대통령 시절에 설계했던 저택으로 건축 잡지에 여러 번 기사가 실렸다. 김사근은 같은 해에 남영동 대공분실을 설계하기도 했다. 독재자가 의뢰한 고문 공장을 설계한 손으로 재벌가 대저택도 설계한 것이다. 역시 권력과 부는 한길로 통한다.

이 저택은 태화 회장이 생전에 일가를 거느리고 살았던 본가였다. 회장은 태화의 핵심 사업을 두 회사로 나눠 전처의 두 아들에게 각각 주었지만 이 유서 깊은 대저택만큼은 후처와 막내아들에게 물려주었다. 그는 후처와 막내아들을 깊이 사랑했다고 전해진다. 후처에게는 서울 외곽에 미술관을 지어 주었고 막내아들에게는 실속 있는 작은 회사 몇 개를 물려주었다고 한다.

"어휴, 저 담장 좀 봐. 완전 요새네, 요새." 택시기사가 감탄하는 소리를 못들은 척하며 내렸다. 담장 아래에 대문과 지하주차장 입구가 있었다. 대문 앞에서 초인종을 눌렀다.

"어디서 오셨어요?"

맹한 목소리가 들려왔다. 가사도우미인 듯했다.

"시터입니다. 면접 보러 왔습니다."

"아이고, 잘 좀 부탁드릴게요. 지금 집안 꼴이 말이 아니예요."

가사도우미는 콧소리로 대답하며 문을 열어주었다.

대문에서 현관까지 까마득하게 긴 계단이 이어져 있었다. 현관과 거실이 삼층에 있는 모양이었다. 계단 옆에서 운전기사처럼 보이는 청년이 비질을 하다 말고 고개를 깊숙이 숙여 목례를 했다. 얼떨결에 인사를 받았다. 계단을 천천히 오르려니 꼭대기에서 통통한 얼굴에 단아한 앞치마를 두른 중년 여자가 고개를 빼꼼 내밀었다.

"계단이 겁나게 길죠? 지하 주차장에서 오면 엘리베이터가 있어서 간단한데 대문에서 오려면 힘들어요. 조금 힘들어도 참고 올라오세요."

나는 오십 대 치고는 관절이 튼튼한 편이지만 이 계단은 힘들었다. 김사근은 왜 현관과 거실을 삼층에 만들었을까. 높고 긴 계단을 다 올라 현관문을 지나 최소한 백 평은 되어 보이는 넓은 거실에 도착하니 가사도우미가 우아한 크림색 소파로 안내했다. 소파 맞은편 벽난로 위에는 몇 년 전에 세상을 뜬 태명수 회장의 초상화가 걸려 있었다. 그림 속 고풍스러운 안락의자에 앉아 있는 백발의 회장 옆에는 세일러복을 입은 예쁘장한 소년과 날씬한 사냥개가 차렷 자세로 서 있었다. 회장도 소년도 개도 모두 무표정했다. 소년은 내 고객이자 태화의 막내아들 태주관인 듯했다. 가사도우미가 홍차를 내와서 마시고 있으니 태주관과 어머니가 나타났다.

이 모자에 대해서도 대충 검색했다. 회장의 후처이자 태주관의 어머니는 한때 TV 드라마에서 큰 인기를 끌던 배우 심진아였다. 이른 나이에 은퇴하고 꽤 오랜 세월 동안 태화 회장의 숨겨진 첩으로 살다가 전처가 갑자기 급사하면서 전격 결혼했다. 태주관은 인권 변호사인지 뭔지 하는 여자와 재혼했다는 3년 전 기사 이후로 뉴스 업데이트가 없었다.

기묘한 조합이었다. 모자는 누가 봐도 누나와 남동생 같았다. 성형수술과 피부 시술 중독으로 유명한 심진아는 나이를 아무리 많이 봐도 사십 대 초반으로 보였고, 아들 태주관은 사십 대 초반이라고 들었는데 삼십 대로 보였다. 태주관은 대리석 조각상 같은 미남이었다. 회장 초상화를 보아서는 외모는 어머니 유전자가 우성인 모양이었다.

심진아가 팽팽한 입술을 열어 말했다.

"우리 며느리가 여러 사람한테 민폐를 끼치네요. 하루종일 저 방구석에서 갓난애를 데리고 혼자 뭘 하고 있는 건지 우리가 불안해서 원. 히키코모리 며느리라니 한심하다, 한심해."

나는 삼십 년 전에 심진아를 TV드라마에서 보았던 기억이 떠올랐다. 품위 있고 우아한 이미지로 대중의 사랑을 받았던 그녀였는데, 여전히 외모는 우아했지만 실제 말투는 쌀쌀맞고 천박한 느낌이었다.

태주관이 조용히 어머니 어깨에 한손을 얹었다. 신경질적인 누나를 말리는 차분한 남동생 같은 느낌이랄까. 달래는 말투였다.

"어머니, 이제부터는 제가 말할게요."

"내 말이 어디 틀렸니? 쟤가 뭐가 부족해서 저러는지 도통 모르겠다. 배가 불러도 너무 불렀어. 아니 쟤가 손에 물 한 방울 묻히고 사니? 가사도우미 여사님이 밥해줘, 반찬 해줘, 청소해 줘, 빨래도 해줘. 지는 애만 보면 되지. 난 어떻게 살았는데. 영감님(아마 죽은 태화 회장을 말하는 듯했다) 살아계실 적에 나는 하루 세 끼 직접 요리해서 차려드렸다. 내가 남편을 얼마나 극진하게 떠받들었는지 아니? 그런데 쟤는 어떻게 된 애가 하루종일 밖에서 고생하는 남편이 집에 들어오는지 마는지 방구석에 처박혀서 혼자 뭐하는 건지. 최고급 산후조리원에서 잘 지내다 나와서는 겨우 몇 개월 혼자 애기 봤다고 갑자기 우울하다고 방에 틀어박혀서는, 시어머니한테도 남편한테도 아기를 안 보여주고. 진작에 시터를 썼으면 이런 일 없었어. 뭐하는 꼬락서니니. 내가 처음부터 쟤 이상하다고 했잖아. 임신이 안 돼서 남편 난임치료 받게 하지. 아들도 못 낳았지."

여배우는 계속 히스테리를 부렸다.

"어머니, 제발."

태주관은 차가운 눈빛으로 어머니를 바라보며 말했다. 이 까탈스러운 어머니도 하나 뿐인 외동아들에겐 약한 모양이었다. 심진아는 입을 다물었다.

태주관은 나를 똑바로 응시하며 상냥한 어조로 말했다.

"한이수 선생님, 급하게 부탁드렸는데도 이렇게 와주셔서 감사합니다."

그는 정중하게 말을 이어갔다.

"아내가 2주 넘게 방 밖으로 일체 나오지 않고 있습니다. 이

대로 있다가는 아내뿐만 아니라 아기도 걱정되어서 시터 여사님께 도움을 청하려고 합니다. 듣자하니 회사에서 평점이 제일 높고 돌 전 아기들을 잘 돌보신다고요. 산후우울증에 걸린 엄마를 잘 돌보시고 육아 방법을 잘 가르쳐 주셔서 고객들이 입모아 최고라고 칭찬한다고 들었습니다. 아 참, 아내도 면접에 참여하고 싶다고 했어요. 잠깐 핸드폰을 켜놓아도 될까요?"

내가 고개를 끄덕이자 그는 아내에게 전화를 걸었다. 곧 스피커 버튼을 눌렀다.

"여보, 전화 끊지 말아 봐."

그는 아내에게 다정하게 말을 걸었다.

"……"

핸드폰에서는 어떤 대답도 들리지 않았다.

"선생님, 가능하시다면 지금 일하는 집에 사정을 이야기하고 오늘부터 당장 근무해주시면 감사하겠습니다."

"사장님, 저는 지금 고객에게 만족하며 일하고 있어요. 그리고 사모님이 방 밖으로 나오지 않는 게 걱정이시라면, 문을 열어줄 열쇠기사를 부르시면 되지 않을까요?"

"그게… 우리집 안방은 좀 특수한 구조로 되어 있어서요."

태주관은 미간을 약간 찌푸리면서 말했다.

"특히 안방 문은 만약의 사태에 대비해서 안에서 문을 잠그면 밖에서 절대로 열기 힘든 구조로 되어 있습니다. 일종의 패

닉룸이라고 생각하시면 됩니다. 밖에서 열려면 문을 완전히 뜯어내야 하는데 저 문이 겉으로 보기에는 평범해 보이지만 굉장히 비싼 강화문입니다. 화재가 나도 십 분 넘게 버텨주지요. 게다가 안방에는 **좀 중요한 것들**이 있어요. 낯선 열쇠기사에게 이 내밀한 안방을 보여준다는 건……. 아내도 기분만 나아지면 곧 나가겠다고 계속 반복해서 이야기하고 있고요."

"사정은 딱하지만 제가 무슨 힘이 있겠습니까. 사장님과 시어머님이 잘 타이르시면 사모님이 마음을 돌리고 나오시지 않을까요."

나는 한번 더 사양했다.

"노력해 봤지만 소용이 없었습니다."

태주관은 무심하게 말했다. 과연 노력해 봤을까? 매끄럽게 잘 생긴 얼굴에서는 어떤 감정도 읽을 수 없었다. 그저 감탄할 만큼 단정하고 반듯한 얼굴이었다.

"이 아이 말이 맞아요. 우리가 저 애를 방 밖으로 끌어내려고 안 해본 일이 없어요."

시어머니가 토라진 말투로 말했다.

"일당 삼십만 원으로 올려드리면 어떠실까요? 아내를 잘 달래서 밖으로 나오게 해주신다면 특별 보너스로 드리려고 했던 돈 삼백만 원을 오백만 원으로 조정하지요."

태주관은 간절한 표정으로 말했다. 이 정도까지 나에게 매

달린다면 산후우울증 말고 더 심각한 이유가 숨어 있을지도 모른다. 불길하다. 엮이지 않는 편이 좋다.

"돈이 문제가 아니라……"

나는 여기까지 말하다가 멈칫했다. 그때 태주관 뒤에 있는 한 사진을 보지 않았다면 끝까지 일자리를 거절하고 나와버렸을 것이다. 소파 뒤에 붙은 협탁에는 크고 작은 사진액자들이 배열되어 있었다. 심진아의 젊은 시절을 담은 화보 같은 사진과 태화 회장이 살아있을 적에 찍은 가족사진이 대부분이었다. 그 중 한 사진이 내 주목을 끌었다.

그 사진은 어린 아기를 안고 있는 젊은 엄마를 찍은 지극히 평범한 스냅사진으로, 90. 4. 3이라는 날짜가 박혀 있었다. 다른 사진은 품격 있는 은빛 액자에 들어 있었는데 그 사진만 소박한 나무액자 안에 들어 있어서 눈에 띄었다. 수줍지만 당당하게 존재를 주장하고 있었다. 쪽빛 하늘에선 벚꽃잎이 점점이 흩날리고 있었다. 베이지색 스웨터를 입은 엄마는 환한 미소를 지으며 핑크색 우주복을 입은 여자아기를 꼭 껴안은 채 왕벚꽃나무 앞에 서 있었다. 모녀는 앞날에 무슨 일이 펼쳐질지 모르고 밝게 웃고 있었다. 나는 이 사진을 선명하게 기억했다. 똑같은 사진이 내 지갑에 들어 있었으니까. 화창한 4월에 찍은 나와 내 딸이었다.

그때 핸드폰 속에서 가느다란 목소리가 흘러나왔다. 삼십이 년 전에 버렸던 내 딸이 천천히 말했다.

"여보, 이분으로 해요."

그 뒤, 무슨 정신으로 이 일자리를 승낙하고 일하던 집으로 돌아왔는지 모르겠다. 태주관은 일그러진 내 표정을 보고 무척 당황했다. 거절할 거라고 지레짐작했는지 임금을 더 올렸다.

"혹시 일당 삼십만 원으로는 부족하십니까? 그럼 사십만 원으로 하죠. 아내를 밖으로 나오게 해주시면 특별 보너스를 칠백만 원으로 올려서 드리겠습니다. 집사 겸 가사도우미 여사님이 계시니까 선생님은 아내와 아기만 돌봐 주시면 됩니다. 집안 살림은 아무것도 하실 필요가 없습니다."

"……."

"제발 부탁드리겠습니다. 실은 이미 세 분이나 고용했지만 모두 아내가 해고해 버렸습니다. 회사에서는 한 선생님이 최고의 시터라고 하더군요. 경력 십 년이 넘는 베테랑이신데다가 가장 까다로운 고객도 매우 만족했다고요."

"할, 할게요."

태주관의 입가에 만족스러운 미소가 떠올랐다. 나는 인사하고 서둘러 장바구니와 핸드백을 챙겨서 현관 밖으로 나왔다. 계단을 급히 내려오다가 앞으로 고꾸라질 뻔했다. 운전기사 청년이 나를 부축해 주고, 바닥에 흩어진 장바구니와 핸드백을 주위 주었다. 당황하며 목례를 하자 그가 예의바르게 데려다 주겠다고 제안했지만 거절했다. 우는 모습을 들키고 싶지 않았다. 그 사이 비는 폭우로 변해 있었다. 마치 폭포같이 쏟아졌다. 운전기사가 장우산을 빌려 주었다. 가슴이 요동을 쳤다.

택시를 타고 떨리는 손가락으로 핸드폰 화면에 검색어를 쳤다. 태주관 재혼. 태주관이 삼 년 전에 재혼한 처의 이름은 홍주희, 내 딸의 이름이 맞았다. 차 안에서 나는 무너졌다. 삼십이 년. 딸 아이와 헤어진 긴 세월이었다. 전 남편은 내가 집을 나가자 딸을 데리고 이사를 가버렸다. 이혼은 우편으로 처리되었다. 이혼 후 몇 년 동안은 딸에게 편지를 쓰고 선물도 보냈지만 매번 수취인불가로 반송되었다. 딸을 다시는 볼 수 없을 거라고 생각하고 포기했는데 이제야 만나다니. 나는 통곡했다. 눈물에 녹은 마스카라가 볼까지 흘러내렸고 콧물에 립스틱이 번졌다.

택시 기사는 재수 옴 붙었다고 생각했는지 빠른 속도로 운전했다. 택시에서 내린 후 상가 화장실에 들러 세수를 했다. 황 매니저에게 전화해서 일하기로 했다고 하자 그녀는 좋아했다.

"언니, 잘 생각했어. 이번에 바짝 일해서 돈 좀 모아요."

흠뻑 젖은 몸으로 일하던 집으로 돌아가 사정을 설명하자 산모는 울며불며 매달렸다. 아기가 태어난지 겨우 한 달 지난 초보 엄마라 막막해 했다.

"한 선생님, 보너스까지 드렸는데 갑자기 그만두시면 전 이제 어떡해요."

"내일 회사에서 다른 분을 보내주기로 했어요. 정말 미안합니다."

나는 우는 산모를 안아주며 부드럽게 달랬다. 그때 모바일 계좌에 면접비 백만 원이 입금되었다. 빨리 들어오라는 태주관의 독촉처럼 느껴졌다. 바로 몇 가지 되지 않는 짐을 캐리어에 싸서 다시 택시를 잡아타고 태주관의 집으로 향했다. 내 딸이 스스로를 가두고 있는 높은 성 속으로.

2

　대저택의 아침은 〈G선상의 아리아〉와 함께 시작한다. 새벽 여섯 시. 바흐의 우아한 첼로 멜로디가 울려퍼지기 시작하면 자동으로 보안시스템이 해제되면서 집안의 모든 창문에 내려졌던 철제 셔터가 올라가기 시작한다. 밤 열 시에는 모든 창문에 철제 셔터가 내려오고 집은 완벽한 암흑 속에 잠긴다. 집안 곳곳에 명품과 명화가 많다보니 도둑을 막기 위해 취한 조처라고 태주관이 설명했지만 어딘가 석연치 않다. 면접 날 택시기사가 이 집을 요새라고 말한 건 결코 과장이 아니었다. 실제로 살아보니 요새보다는 감옥에 가까웠지만.

　고용인들이 큰 사모님이라고 부르는 심진아는 5분 거리 고급 빌라에서 살았고 가사도우미와 운전기사는 매일 출퇴근했다. 집에 상주하는 사람은 태주관, 방에 틀어박힌 딸, 아기, 나까지 총 네 명이었다.

내 방은 침실, 화장실, 샤워실, 그리고 작은 부엌까지 겸비된 레지던스였다. 거실에서는 멀리 떨어져 있었다. 보통은 게스트 룸으로 쓰지만 나를 위해 특별히 내준 방이라고 했다. 건축가 김사근이 처음 설계했던 당시에는 없었던 공간이지만 10년 전에 본채와 연결된 별채를 증축하면서 만들었다고 했다.

출근 후 첫날 아침에 내가 부엌에 들어가 딸에게 갖다줄 아침식사를 요리하자 가사도우미는 처음에는 자신의 영역이 침범 받았다는 듯 싫은 내색을 했지만, 곧 내 존재가 자신의 일손을 덜어준다는 걸 확인하자 우호적으로 변했다. 고객이 방 밖으로 나오지 않으니 나는 할 일이 별로 없었다. 새벽마다 아침식사를 차려서 갖다주고 가사도우미가 요리한 점심과 저녁식사를 문 밖에 놓아주고는 쉬었다. 무료했다. 가사도우미에게 물어보고 빨래, 청소, 설거지를 도와주었더니 그녀는 좋아하며 마음을 열기 시작했다. 자신을 광주댁이라고 부르라고 했다. 나는 광주댁에게 사근사근 굴었다. 물론 딸에 대한 정보를 최대한 얻어내는 것이 목적이었다.

광주댁은 하얗고 오동통한 얼굴에 언제나 미소가 가득했지만 어딘가 의뭉스러운 사람이었다. 충성스러운 집사 연기에는 이물이 난 듯했다.

"참말로 이 집 사람들은 지 잘 난 인물들이다, 이거야."

어느 날 광주댁이 퇴근하기 전에 우리는 낮술을 했다. 르누아르 그림(물론 진품이다)이 걸린 식당에서 나와 캔맥주를 기울이며 광주댁이 털어놓았다.

"아따, 겉으로는 양반들도 이런 양반들이 없어. 임금 후하지, 선물 잘 주지, 휴가도 딱딱 쓰게 해주지. 그란디 이 집안은 자세히 들여다 보면 볼수록, 어우, 이런 냉골 같은 집에서 사람이 어떻게 사나 싶어. 난 작은 사모님 입장이 이해가 가. 결혼하고 3년 동안 난임이었다가 겨우 아기를 낳았는데 저런 남편과 같이 살려면 얼마나 외롭고 힘들까 싶어. 철 없는 시어머니도 골 때리고. 태 사장님 참 잘생겼죠? 그런데 사람이 정이 없어 정이. 제 핏줄인데 아기를 단 한 번도 따뜻하게 안아주는 걸 못 봤어. 돈 버는 재주가 없어서 그렇지 우리집 애들 아빠가 더 낫다니까."

광주댁은 세 아이 대학 학비와 일가족 생활비가 이 집사 일에 달려 있다고 했다. 남편은 강남에 있는 아파트 경비원으로 근무하는데 월급이 박봉인 모양이었다. 아침 일곱 시에 이 집에 출근하기 위해서 매일 새벽 여섯 시에 일어난다고 했다. 아침 일곱 시에 출근해 저녁 다섯 시까지 근무하고는 바로 퇴근했다.

광주댁은 가사도우미 유니폼을, 나는 이 집에서 준 시터 유니폼을 입고 있었다. 검은 레깅스 위에 헐렁한 회색 면 박스 티셔츠인데 앞치마처럼 크고 둥근 주머니가 가운데에 달려 있었다. 레깅스, 면티, 실내화는 넉넉하게 제공되었다. 레지던스 옷장에 한가득 있었다. 아마 강남에서 공인된 시터 유니폼인 듯했다.

"시어머님은 어때요?"

"큰 사모님이 몇 년 전에 회장님이 돌아가셔서 과부가 됐잖아. 사는 집이 가까워서 툭하면 여기에 와서 나한테 점심 밥을 얻어먹는 걸 좋아해. 일주일에 5일은 오는 것 같아. 나이만 처먹었지 자기가 아직도 연예인인 줄 아는 철부지랑께. 며느리가 조리원에서 퇴소해서 왔는데 손녀 한 번 얼러주는 법이 없더라니까. 아들 못 낳았다고 며느리를 구박이나 하고. 어휴."

"작은 사모님이 우울증 걸릴만하네요."

나는 딸이 딱했다.

"그라제?"

광주댁은 혀를 찼다.

잠시 후 그녀는 땅이 꺼져라 깊은 한숨을 쉬더니 말했다. "이 집에서 일하려면 입이 무거워야 돼. 지난 십 년 동안 온갖 못 볼 꼴은 다 봤당께. 입을 굳게 다물고 하라는 일만 했더니 그때부터는 전폭적으로 신뢰해주더라 이거야."

"그런데 전에 있던 시터들은 왜 해고 당한 거예요?"

"원래 시어머니가 시터를 몇 명 고용했는데 며느리가 '존 보울비' 박사의 애착육아라나, 그런 걸 한다고 다 잘라버렸어. 무슨 일이 있어도 자기가 낳은 자식은 자기가 직접 키운다며. 어렸을 때 친엄마와 헤어져서 저러나. 암튼 며느리가 저렇게 우울증이 심하게 오니까 시어머니가 며느리를 더 싫어해."

'딸은 나와는 다른 엄마가 되고 싶어하는구나.'

딸은 불행하다. 그리고 방 밖으로 나오기를 거부하고 있다.

어떻게 해야 딸을 방 밖으로 나오게 할 수 있을까?

3

시터 선생님. 아침밥이 참 맛있네요. 저, 내일은 북엇국을 먹고 싶은데 부탁드려도 될까요?
그리고 이제 아기 이유식을 시작해야 할 것 같은데 우선 백미로 초기 미음을 만들어주세요.

딸이 보낸 쪽지였다. 근무한지 열흘 째 되던 날, 다 먹은 아침 식사 쟁반에 조심스럽게 올려져 있었다. 삐뚤삐뚤 초등학생 같은 둥근 글씨가 인상적이었다. 처음으로 나에게 부탁을 했다. 진전이었다. 공을 들인 아침식사에 마음을 조금은 열은 걸까?

다음날, 나는 어렸을 적 엄마한테 배운 방식대로 북엇국을 끓였다. 마침 냉동실에 명인의 북어가 있었다. 하루 정도 밖에 두어 실온에서 해동한 다음에 손으로 적당한 크기로 찢었다. 큰 가시는 손으로 일일이 발라냈다. 적당한 크기로 찢은 후 물에 불렸다. 북어에서 물기를 짜냈다. 무쇠솥에 참기름을 두르고 북어를 넣고 달달 볶다가 쌀뜨물과 북어를 불릴 때 썼던 물을 넣고 뭉근하게 끓여냈다. 국물이 끓어오르자 실온에 풀어둔 달걀을 빙 둘러가며 넣었다. 간은 참치액젓, 국간장, 새우젓으로 했다. 특히 새우젓을 넣으면 맛이 풍성해진다.

경기미를 찬 물에 불린 후, 믹서에 넣고 갈았다. 잘게 갈은 쌀을 작은 소스 냄비에 옮기고 나무주걱으로 휘저어 가며 미음을 만들었다. 완성된 북엇국과 아기 이유식을 쟁반에 담아 문앞에 두었다.

> 국 잘 먹었습니다. 이유식도 **훌륭했어요.**
> 오늘 오랜만에 혼자 낮잠을 자고 싶은데 이따가 두 시쯤 문앞에서
> 아기를 받아주세요.

한 시간 후 텅 빈 음식그릇 옆에 쪽지가 올려져 있었다.
나는 환호성을 지를 뻔했지만 참았다.

오후 두 시에 안방 문 앞으로 가자 딸이 비틀거리며 나왔다.
삼십이 년만의 상봉이었지만 인사 한 마디, 목례 한 번 없었

다. 야위고 긴 몸에 가슴은 납작하고 쇄골이 툭 튀어나왔다. 눈가에 짙은 그늘이 졌고 마치 영양실조에 걸린 소녀 같은 안색이었다. 핏기 없고 창백한 얼굴로 아무 말 없이 잠든 아기를 나에게 내밀었다. 그애는 결코 나를 바라보지 않았다.

"젖은 충분히 먹였어요. 전 좀 잘게요. 아기가 깨기 전까지는 저를 깨우지 말아주세요. 배고파하면 분유 주셔도 돼요. 젖량이 줄고 있어서 어차피 혼합 중이예요."

나는 아기를 받아 안았다. 아기는 토실토실했다. 아기 옷은 조금 낡았지만 깨끗했다. 딸은 안방에 딸린 화장실에서 아기를 목욕시키고 아기 옷을 일일이 손빨래해서 말리는 듯했다. 내 손녀, 남들 눈에는 고객의 아기로 보이겠지만 나에게는 첫 손녀였다. 십 년 동안 돈을 받고 수많은 아기를 돌봤지만 이 아기는 달랐다. 내가 낳은 딸이 낳은 아기. 삼십이 년 전 딸을 키웠던 시절로 돌아간 기분이었다. 그 시절이 기억이 날 듯 말 듯했다. 한 번도 멈추지 않고 잘 돌려 깎은 사과처럼 아기의 뒷머리는 완벽하게 동그랬다. 아기를 품에 안고 냄새를 맡았다. 달콤한 막대사탕에서 나는 향이 났다.

"작은 사모님, 아기는 걱정하지 마시고 푹 주무세요."

"네, 한 선생님. 부탁드립니다."

딸은 여전히 시선을 피하며 작은 목소리로 말했다. 딸은 전 남편을 많이 닮았다. 좋은 쪽으로. 문은 다시 닫혔다. 찰칵.

문을 단단히 걸어잠그는 소리가 났다.

삼십이 년 전, 전 남편은 사업하느라 바쁘다며 거의 집에 들어오지 않았다. 하숙생처럼 새벽 일찍 나갔다가 밤 늦게 들어왔다. 거의 일 년을 나는 하루종일 혼자 집에서 아기를 돌봤다. 결혼과 동시에 친정과 친구가 없는 낯선 지방도시에 이사와서 누구에게도 도와달라고 부탁할 수 없었다. 그때는 어린이집이나 문화센터가 없었고 인터넷도 생기기 전이었다. 게다가 딸은 잠투정이 심한 아기였다. 딸이 태어나고 한밤도 제대로 자본 적이 없었다. 수면 부족으로 미칠 것만 같았다. 딸은 잠귀가 밝아서 밤잠을 짧게 잤다. 낮잠을 자더라도 한 시간 안에 깼다. 어쩌다 집에 있는 휴일에도 남편은 하루종일 밀린 잠을 보충하기 바빴다. 남편 휴일에도 살림과 육아는 고스란히 내 몫이었다.

화창한 사월 어느 날, 하루만 일을 쉬고 나들이하자고 내가 조르자 남편이 마지못해 집 근처 공원으로 벚꽃놀이를 가기로 동의했다. 나는 설레는 마음으로 새벽부터 일어나 김밥, 불고기, 잡채를 만들었다. 분유와 아기 이유식도 쌌다. 주희를 깨끗하게 목욕시키고 외출용 우주복을 입혔다. 소풍 준비에만 세 시간이 넘게 걸렸다. 그 사이 남편은 늘어지게 늦잠을 잤다. 그

바람에 원래 나가기로 약속했던 시간보다 한참 뒤에야 출발할 수 있었다. 공원에 도착하니 음식은 싸늘하게 식었다.

따뜻한 봄날이었다. 남편은 나에게 주희를 안고 왕벚꽃나무 아래에 서보라고 했다. 산들바람에 흩날리던 벚꽃잎이 내 볼을 간질였다. 내가 환하게 웃자 남편은 싸구려 사진기 버튼을 눌렀다. 남편이 오후에는 일하러 가야 한다고 해서 소풍은 한 시간 만에 끝났다. 그는 서둘러 가버렸고 나는 홀로 남아 돗자리와 소풍 도시락을 정리했다. 유모차를 끌고 집으로 돌아오는 길에 사진관에 필름을 맡겼다. 인화된 사진 속에서 왕벚꽃나무 아래 우리 모녀를 찍은 사진이 특별히 마음에 들어서 그 사진만 두 장을 뽑아달라고 했다.

이 소박한 벚꽃놀이는 이 년을 못 채운 내 결혼생활 중 따스한 온기를 지닌 유일한 추억이다. 일주일 후 주희의 돌잔치가 있었고 다음날 나는 딸을 두고 친정이 있는 서울로 가출했다. 남편과 시누이와 시어머니는 내가 딸을 버렸다며 아기를 키울 자격이 없는 엄마라고 비난했다. 핸드폰이 없던 시절이었고 남편과 시어머니는 내가 집으로 전화를 걸어도 받지 않았다. 몇 개월 후 내가 취직하고 딸아이를 되찾기 위해 살던 집으로 다시 가보니 다른 가족이 살고 있었다. 남편은 나와 이혼한 다음 해에 재혼했다고 전해 들었다. 몇 년이 지난 후 연락이 닿은 남편은 딸이 새엄마를 친엄마로 알고 있다고 말했다. 너는 이미 딸을 버렸어. 딸이 행복하길 바란다면 더이상 연락하지 마. 주희가 혼란스러워 할 수 있어.

그 뒤 나는 딸을 완전히 포기했다.

나는 아기를 거실에 있는 아기침대에 눕혔다. 한 시간 후 푹 잠들었던 아기가 깨자 나는 딸랑이를 가져와 손에 쥐어주고 놀아주었다. 아기는 나와 눈을 맞추며 생글생글 웃더니 한참 옹알이를 했다.

딸은 세 시간 넘게 자고 일어났다. 황급히 안방문을 열고 나와서 아기를 찾았다.

"희연아, 희연아."

힘없는 목소리였다.

"사모님, 제가 아까 아기를 목욕시키고 새옷으로 갈아 입혔어요."

내가 까르륵 웃는 아기를 안고 다가가자 그제야 긴장이 풀리는지 약하게 웃었다.

"죄송해요. 제가 생각보다 오래 잤어요. 아기 이리 주세요."

"사모님, 이제 제가 왔으니 마음 놓고 쉬세요. 엄마도 쉬는 시간이 필요해요. 수유하지 않으실 땐 제가 아기를 돌보겠습니다."

"……."

딸은 입을 굳게 다물었다. 화가 난 표정이었다.

"아기 이리 달라고 했잖아요? 왜 저를 안 깨웠어요?"

"사모님이 곤히 주무시길래……"

그녀는 말없이 아기를 달라는 손짓을 했다.

나는 할 수 없이 아기를 딸에게 넘겼다. 그녀는 아기를 안은 채로 돌아서더니 방으로 들어가 문을 걸어잠갔다. 삼십이 년의 긴 시간을 뛰어넘어 바로 그애의 마음을 연다는 것은 무리였다.

오늘도 낮잠을 자고 싶은데 이따가 한 시쯤 문 앞에서 아기를 받아 주세요.

다음날 아침식사가 담긴 쟁반에 이 쪽지가 있었다. 딸에게 내 핸드폰 번호를 적은 쪽지를 주었지만 자신은 아기를 돌보느라 바쁘다면서 쪽지로만 소통을 했다. 식사시간이 아닐 때에는 문밖으로 쪽지를 슬쩍 내보내기도 했다.

아기 기저귀 좀 사다 주세요. 하기스 브랜드면 좋아요. 가제 손수건도 10장 정도 가져다 주세요.

조금씩 딸의 주문이 늘어갈 때마다 조금씩 희망을 가졌다. 하지만 다가가면 물러서고 말을 걸면 입을 다무는 행동은 계속되었다.

태주관은 매일 보고를 요구했다. 주로 오후 네 시쯤 전화를 걸어왔다. 아내가 하루 일과를 어떻게 보냈고 언제 방을 나올 생각인지 물어봤냐고 질문하곤 했다.

"사장님. 아직은 좀 더 시간이 필요할 것 같습니다."

"이제 곧 한 달째가 됩니다. 그동안 전 제 딸 얼굴을 코빼기도 못봤다고요."

'그건 당신이 아침 여덟 시 전에 나가서 밤 늦게 들어오기 때문이잖아.' 라고 말하고 싶었다. 아내가 방에 틀어박히기 전에도 마찬가지였을 걸. 나는 꾹 참고 대꾸했다.

"노골적으로 다가가면 사모님이 더 움츠러들 수 있어요. 지금까지 산후우울증에 걸린 엄마를 많이 만나봤습니다. 겨우 마음을 열었으니 나머지는 저에 맡겨주십시오."

"더 오래 끌면 제가 곤란해지기 때문에 말입니다."

태주관이 불만스러운 어투로 말했다.

"안방 안에 **사업에 꼭 필요한 것**이 있습니다."

역시. 본색이 나오는군. 나는 생각했다. 아내와 딸이 아니라 사업을 걱정하고 있었군.

"얼마나 걸릴까요? 맘 같아서는 일꾼들을 불러서 저 문짝을 뜯어내고 싶습니다."

"아기도 있는데 그렇게까지 하면……."

"지금 제가 일정이 급해서 그럽니다. 몇 주째 저러고 있으니."

태주관이 한숨을 쉬었다.

"저 문짝이 천만 원이 넘어요. 그러니 일단은 참고 기다리고 있는 겁니다."

아무렴. 너한테는 아내보다 천만 원이 더 귀하겠지. 나는 속으로 비웃었다.

"네, 사장님. 제가 한번 최선을 다해보겠습니다."

나는 차분하게 대답했다. 뚝. 태주관은 바로 전화를 끊었다.

4

며칠 후였다.

갑자기 안방에서 소름 끼치는 비명 소리가 들려왔다. 광주댁과 나는 급히 안방 문 앞으로 달려갔다. 문은 굳게 잠겨 있었다.

"작은 사모님, 작은 사모님. 열어주세요."

나와 광주댁은 미친 듯이 문을 두들겼다.

한 번 더 절규하는 소리가 지나가고 정적이 내려 앉았다.

영원처럼 느껴지는 몇 분이 지나가고 문이 천천히 열렸다.

"들어오세요. 한 선생님만."

쉰 목소리로 딸이 말했다. 퉁퉁 부은 얼굴은 눈물로 젖어 있었다.

나는 침대가로 가서 딸 옆에 앉았다. 다행히 아기는 엄마의 절규 소리를 듣지 못했는지 깊이 잠들어 있었다.

"갑자기 죽을 것 같아서 저도 모르게 큰소리가 나왔어요. 숨이, 쉬어지지, 않아요. 한 선생님. 제 집에 일하러 오신 분한테 이런 이야기 드려도 될까요? 전 선생님이 어쩐지 남처럼 느껴지지 않아요."

"말씀하세요, 뭐든지. 저 같은 사람한테라도 털어놓아서 작은 사모님 마음만 편해진다면요."

"전 평범한 집에서 자랐어요. 전 이 집 생활이 불편해요. 이런 집인 줄 알았으면 결혼하지 않았을 거예요."

딸은 계속 눈물을 흘렸다.

"제가 왜 이렇게 자존감이 낮을까 생각해봤어요. 전 사랑 받아본 기억이 없어요. 새엄마는 나쁜 사람이 아니었어요. 저한테 항상 깨끗한 옷을 입히고 제 때 밥을 차려줬죠. 하지만 그건 체면치레 때문이었어요. 남편과 주변 사람들에게 자기가 양딸과 친아들을 차별하는 나쁜 계모로 낙인찍힐까 봐, 겉으로는 저와 남동생을 산술적인 평등으로 대했어요. 새엄마 마음은 전혀 그렇지 않다는 걸 아주 어렸을 때부터 눈치챘어요. 그래서 저는 공부를 잘해서 새엄마 체면을 세워주려고 노력했어요. 새엄마는 제가 우수한 성적표를 받아올 때만 칭찬해 줬으니까요. 아빠는 나를 사랑한다고 말하곤 했지만 항상 부재 중이었어요. 아빠는 늘 바빴어요."

그녀는 붉어진 눈가를 손가락으로 문지르면서 중얼거렸다.

"저를 낳아준 엄마는 왜 저를 버렸을까요? 제 돌잔치 다음 날 가출했다는데. 희연이 돌이 다가올수록 저는 두려워요."

"뭐가요?"

"저도 엄마처럼 희연이가 돌이 되면 이 집을 나가버릴까 봐요. 그게 무서워서 독한 마음을 먹고 안방 문을 잠가버린 거예요. 사춘기가 되고 친엄마를 만나게 해달라고 아빠한테 졸랐는데 아빠 말로는 엄마가 연락처를 바꾸고 잠적해 버렸대요. 남편과 시어머니에게는 엄마가 돌아가셨다고 둘러댔어요. 엄마가 나에게 남긴 건 앨범에 있던 사진 한 장 밖에 없어요. 아빠가 엄마와 내가 둘이서만 찍은 사진은 그 사진 하나 뿐이라고 했어요."

딸은 지친 어조로 말을 이었다. 쓸쓸한 눈길은 잠든 아기에게 향했다.

"한번도 사랑을 받아보지 못한 제가 이 아이를 계속 사랑할 수 있을까요? 제가 과연 좋은 엄마가 될 수 있을까요?"

갑자기 내 안에서 무엇인가가 허물어졌다. 나는 두 손으로 얼굴을 감싸고 바닥에 쓰러져 울며 탄식했다.

"주희야, 미안해. 정말 미안해."

딸이 당황했다.

"한 선생님, 한 선생님. 왜 이러세요. 제 이야기가 듣기 힘드셔서 이러세요?"

나는 주저앉은 채 두 손으로 가슴을 쳤다.

"내, 내가 죄인이야. 내가 정말 미안해. 끝까지 너를 포기하지 말고 찾았어야 했는데…… 네 아빠가 잘 돌볼 거라 믿고 너를 포기하는 게 아니었어."

"네?"

"사모님, 아니 주희야. 거실에 있는 네 아기 적 사진, 거기에 있는 네 친엄마가 바로 나야."

"네?"

"주희야, 내가 네 엄마야. 내가 가출한 건 사실이야. 그렇지만 너를 버린 건 아니었어. 네 아빠가 거짓말을 한거야. 집을 나간 다음에 직장을 알아 봤어. 도저히 네 아빠하고 같이 살 자신이 없었어. 일만 하고 너와 나를 신경도 안 썼으니까. 취직하고 나서 너를 다시 찾아와서 혼자 키우려고 했어. 가출 몇 달 후에 집으로 갔는데 그 사이 네 아빠가 너를 데리고 이사갔더라. 엄마는 몇 년이나 너를 찾아보려고 노력했다가 포기했단다. 그땐 인터넷이 없던 시절이었어. 너를 찾는 건 불가능했어. 이제 와서 나를 용서하긴 어렵겠지만 변명을 하자면 엄마는 결코 너를 버린 적이 없어. 네 아빠가 아예 기회를 차단해버렸어."

"말도 안 돼. 한 선생님이 제 친엄마라고요?"

"이름은 개명했지만 내가 네 엄마 맞아. 너를 잃고 새 출발을 하고 싶었거든."

나는 지갑에 항상 가지고 다니는 벚꽃나무 아래서 찍은 스냅사진을 보여주었다. 거실 액자에 있는 사진과 정확하게 똑같은 사진이었다. 그리고 낡은 가족사진도 보여주었다. 돌 기념으로 전 남편, 나, 그리고 주희 셋이서 사진관에서 찍은 사진.

딸은 믿기지 않는다는 표정으로 내가 보여주는 사진을 뚫어져라 들여다봤다.

"정말 똑같은 사진이네요."

"이 사진이 너무 맘에 들어서 두 장을 인화했거든. 한 번도 지갑에서 뺀 적이 없단다. 이제 와서 네 아빠를 원망하고 싶진 않다. 너를 이렇게 잘 키워준 것만도 고마울 뿐이지."

"한 선생님이 정말 제 엄마예요?"

"그래, 내가 네 엄마야. 삼십 년이나 늦었지만 안아봐도 되겠니?"

나는 딸을 꼭 끌어안았다. 밖에 있는 광주댁이 수상하게 여길까 봐 우리 두 사람은 숨을 죽이고 조용히 흐느끼며 한참을 그 자세로 있었다.

"엄마. 엄마. 엄마."

딸은 울면서 속삭였다.

우리는 예전처럼 지내기로 했다. 이 집안 사람들에게 내가 딸의 친모라는 사실을 굳이 밝힐 이유는 없었다. 태주관과 심진아가 내 정체를 알게 되면 딸의 입지가 곤란해지는 것은 물론이고 나는 즉시 해고당할 것이다. 나는 딸을 '작은 사모님'이라고 부르고 딸은 나를 '한 선생님'이라고 부른다. 우리가 이 규칙을 지키는 한 우리는 안전했다.

나는 매일 아침식사를 들고 안방으로 갔고 우리 두 사람은 문을 잠그고 광주댁 모르게 그동안 밀렸던 이야기를 소근소근 나눴다. 딸은 살이 오르기 시작했고 얼굴은 점점 밝아졌다.

며칠이 지났다. 나는 부엌에서 아침식사를 담은 쟁반을 들고 나오다가 떨어트릴 뻔 했다.

"사, 사모님?"

딸은 단정한 차림새로 거실 소파에 나와 앉아 있었다. 긴 생머리는 드라이를 해서 어깨에 늘어뜨리고 옅게 화장하고 립글로즈를 바르고 단정한 수유 원피스를 입고 있었다. 그녀는 희연이에게 젖을 먹이고 있었다. 광주댁이 옆에 앉아서 환하게 웃고 있었다.

"시터 여사님, 보셔. 작은 사모님이 드디어 방 밖으로 나왔어요."

"두 분 덕분에 제가 기운을 찾았어요. 특히 한 선생님, 그동안 매일 저만을 위해 정성 어린 아침식사를 차려주셔서 정말 감사했어요."

딸은 쑥스러운 듯 웃었다.

"꼭 친정엄마가 차려준 밥상 같았어요."

나는 눈에 눈물이 고였다.

"사모님, 앞으로도 얼마든지 차려드릴게요."

나는 와락 딸을 안았다. 다음 순간 당황했다. 옆에 광주댁도 있는데.

"아, 죄 죄송합니다. 사모님이 방 밖으로 나오시니 너무 기쁜 나머지."

"하하. 괜찮아요. 그동안 정말 걱정만 끼쳤죠? 죄송해요. 오늘 아침에는 햇볕을 쬐고 싶더라고요."

딸은 밝게 미소를 지으며 말했다.

광주댁이 부엌으로 사라지자, 딸이 말투를 바꾸어서 말했다.

"이제 엄마랑 같이 병원도 다니고 그러려면 나와야지."

"그래, 잘 생각했다."

딸은 정신과에 상담하러 다니기 시작했다. 모유는 끊고 항우울제를 받아 먹기 시작했다. 아직 희연이가 어려서 나는 아기를 돌본다는 핑계로 같이 외출할 수 있었다. 김 기사가 벤츠 차량으로 우리를 항상 호위했다. 희연이의 소아과 진료나 딸

110

의 정신과 치료를 위한 외출은 우리가 유일하게 모녀로 있을 수 있는 때였다. 우리는 레스토랑에 가서 함께 브런치를 먹기도 했고 유모차를 끌고 서울숲으로 산책을 나가기도 했다. 꿈결 같은 시간이었다. 내가 다시 엄마가 되다니.

태주관은 아내가 오랜 칩거를 마치고 방 밖으로 나오자 진심으로 기뻐했다. 약속했던 대로 내 계좌에 특별 보너스 칠백만 원이 바로 입금되었다.

태주관은 딸에게 선물세례를 퍼부었다. 매일 현관에 백화점에서 배달되어 온 의상과 구두 박스가 쌓였다. 아기 때문에 외출이 쉽지 않은 아내를 위해서 미용실 직원이나 퍼스널 쇼퍼를 집으로 보냈다. 매일 머리를 다듬고 손톱을 정리하고 잘 차려 입은 딸은 나날이 아름다워졌다.

태주관은 돈과 선물 공세는 아끼지 않았지만 아내와 딸에게 무심했다. 특히 희연이를 안아주거나 들여다보지 않았다. 딸이 희연이를 태주관에게 안겨주려고 하면 그는 급히 나가야 한다고 했다. 어쩌다 일찍 집에 오면 희연이의 뺨과 아내의 이마에 건성으로 키스하고 황급히 서재에 딸린 자신의 침실로 사라지곤 했다. 그가 어딜 가든 항상 동행하는 비서와 기사도 같이 서재로 들어가곤 했다. 서재에서 시작한 회의가 길어지면 새벽에 끝나기도 했다. 태주관은 잠도 아예 서재에서 잔다고 했다.

젊은 부부가 각방을 쓴지는 이미 오래된 듯싶었다. 태주관과 딸 사이에는 늘 어색한 긴장감이 감돌았다. 딸은 매일 아침 일찍 일어나서 남편과 함께 아침식사를 하고 희연이를 안은 채 현관까지 나가 출근하는 남편을 마중했다. 하루 중에서 유일하게 부부가 함께하는 시간이었다. 그애는 출근하는 남편에게 다정하고 상냥했다. 태주관은 이제야 모든 것이 제자리로 돌아왔다고 생각했는지 표정에 여유가 넘쳤다.

나는 그에게서 전 남편을 보는 기분이 들었다. 모든 것이 자기 중심으로 돌아가야 하는 인간. 무심한 남편에게 아내와 자식은 집안의 가구와 같은 법이다. 가족이 제자리에 있기만 한다면 전혀 신경 쓰지 않는다.

심진아는 매주 서너 번씩 들이닥쳤지만 단 한 번도 손녀에게 말을 걸거나 돌봐주는 적이 없었다. 내가 희연이를 안고 있으면 멀리서 진기한 동물이라도 보듯이 손녀를 구경하다가 갑자기 며느리를 다그치곤 했다.

"네 나이도 있는데 바로 둘째 가지면 어떻겠니? 지금 가져도 희연이와 두 살이나 터울이 져. 얼른 손자 좀 보고 싶다, 얘."

"네, 어머님. 저도 둘째가 얼른 생기면 좋겠어요."

딸은 겨우 서른 셋이었다. 그애는 시어머니 앞에서 예의 바른 미소를 지었다.

시어머니가 집으로 돌아가자 딸은 나에게 눈짓했다. 우리는 안방으로 들어가 문을 잠갔다. 딸의 눈에 눈물이 맺혀 있었다.

"저 지긋지긋한 둘째 타령. 희연이 낳고 조리원에서 퇴소하자마자 둘째 독촉이 시작됐어요. 시어머니는 저보고 아들 낳을 때까지 낳으라고 해요. 엄마, 나 실은 루프 시술을 했어요. 전에 몰래 산부인과로 외출했을 때……"

"뭐?"

"엄마 같으면 이런 집에서 둘째까지 낳고 싶어요?"

딸은 날카롭게 반문했다. 텅 빈 눈빛으로 손톱 밑살을 물어뜯었다.

나는 대답을 찾지 못했다.

이 집 전체가 가면무도회였다. 나는 충성스러운 시터 가면을, 딸은 순종적인 아내 가면을, 태주관은 인심 좋은 남편 가면을 뒤집어쓰고 살았다.

어느 날, 딸은 안절부절한 표정으로 말했다.

"엄마, 희연이 돌이 이제 넉 달 정도 남았는데, 어제 남편이 각계각층 인사와 지인 그리고 친구 명단을 이메일로 보냈어요. 차질 없이 잘 준비하라고 명령하더군요. 신라호텔 연회장을 빌려서 하려나 봐요. 감사하게도 이런 파티를 전문적으로 준비하는 플래너가 있더군요. 나, 돌잔치 준비는 플래너에게 다 맡기고 우리 희연이나 잘 돌보려고요."

딸이 체념하듯이 털어놓았다.

"잘 생각했다. 엄마가 있으니까 희연이는 걱정하지 말고. 네 건강을 회복하는 데에만 집중해."

"근데 엄마, 우울증 약을 먹으면 너무 졸리고 머릿속에 뿌연 안개가 낀 것 같아서 집중하기가 힘들어요. 나 약 끊고 싶어요."

"하지만 의사가 계속 먹으라고 하잖아."

"약이 어딘가 좀 이상해요."

나는 생각에 잠겼다. 딸에게 이야기해서 정신과에서 처방받은 알약과 처방전을 전부 사진으로 찍었다. 시터로 일하기 전부터 알고 지내던 약사에게 확인해보기로 했다.

토요일 저녁이면 나는 딸과 손녀에게 작별인사를 하고 퇴근했다. 월요일 아침까지 내 집에서 쉬었다. 어느 토요일, 퇴근을 준비하고 있는데 김 기사가 나를 바래다 주겠다고 했다. 집주소가 노출되는 것이 싫어서 집에서 가까운 지하철 역에 내려달라고 했다. 그러자 돌아온 대답은 뜻밖이었다.

"무사히 들어가시는 걸 꼭 보고 싶습니다."

나는 할 수 없이 집 근처까지 안내하고 말았다. 일주일 치 피로가 몰려온 탓이었다.

강남에서 멀지 않은 고급 아파트 정문에 내려달라고 하니 김 기사는 조금 놀라는 눈치였지만 내색하지는 않았다.

"한 선생님, 가끔 쉬는 날에 만날 수 있을까요?"

차를 세우고 깍듯하게 차문을 열어주면서 김 기사가 물었다.

나는 어처구니가 없었다. 내가 적어도 스무 살은 연상일 것이다.

"김 기사님, 고용인들끼리 만나면 안 돼요. 그리고 저보다 훨씬 어린 걸로 아는데. 기사님 또래 만나요."

나는 딱 잘라 말했다.

"출근하시던 첫날부터 반했습니다. 어쨌거나 쉬는 날에 우리는 자유잖아요. 남녀가 만나는데 나이가 무슨 상관입니까."

김 기사는 조용히 웃었다. 그 미소는 어쩐지 나를 설레게 했다.

다음날 우리는 북악산 스카이웨이로 드라이브를 갔다. 그리고 자연스럽게 몸을 섞는 사이가 되었다. 이혼한 뒤에 남자를 몇 명 만났지만 이렇게 뜨거운 연애는 처음이었다.

5

아는 약사에게서 문자가 왔다. 나는 힘이 빠지는 기분이었다.

"주희야, 놀라지 말고 들어. 네 신랑은 바빠서 이런 치졸한 짓까지는 못했을 것 같고, 네 시어머니 짓이 아닐까 싶네. 네 약 사진을 아는 약사에게 문자로 보내봤거든."

"뭐래요?"

"대부분 항우울제가 맞는데, 딱 하나 이상한 게 섞여 있었어."

"네?"

"배란 유도제, 클로미펜. 아마 그 약 때문에 네가 몸이 더 나른하고 힘들었을 거야."

딸은 얼굴이 붉어졌다. 싸늘한 표정으로 고개를 좌우로 흔들었다.

"화도 안 나네요. 그럼 그 정신과에 이제 가지 말아야겠네요. 시어머니가 예약해준 병원이었는데. 의사 아니면 약사를 포섭했겠네."

딸은 기가 차다는 표정으로 처방 받은 약을 모두 변기에 넣고 내려버렸다.

"어차피 중요하지 않아요. 실은 약 끊은지 오래됐어요. 엄마가 온 뒤로 우울증이 씻은 듯이 사라졌으니까. 먹는 척 하고 변기에 내린 지 꽤 됐어요."

딸이 빙그레 웃더니 말을 이어갔다.

"엄마, 한 달 동안 방 안에서 나 혼자 뭐 했을 것 같아요."

"아기를 봤겠지."

"내가 왜 우울증이 왔을까 생각했어요. 결혼하기 전까지는 야근을 밥 먹듯이 하고 활발하게 사람을 만나는 환경재단 변호사였는데, 남편과 결혼하면서 저만 시대를 거슬러 조선시대 여자가 된 기분이었어요. 아주 엿 같았죠."

딸이 낮은 목소리로 말했다.

"실은 희연이 낳고 백일 지났을 때 바로 직장에 복귀하고 싶었는데 남편과 시어머니가 막았어요. 네가 아무리 벌어 봐야 네 연봉이 남편이 갖다 주는 생활비 이상 되냐며. 엄마가 된 참에 직장을 그만두라고 종용하더군요. 엄마도 알다시피 시어머니는 아들을 낳으라고 나한테 계속 독촉했구요."

"네가 우울증이 오고도 남지. 게다가 시어머니는 거의 매일 들이닥치니."

"네. 예사 집안과 결혼하지 않은 제 탓이죠. 직장에 사표를 내니 암담했어요. 평생 시어머니와 남편 시중을 들고 희연이를 키우며 집안에 갇혀서 사회생활은 꿈도 못 꿀 거라 생각하니 정말 새장에 갇힌 새가 된 기분이었어요."

딸은 깊은 한숨을 쉬었다.

"경력이 단절된 거랑, 시어머니가 매일 아기 본답시고 들이닥친 거랑 여러 가지가 합쳐져서 우울증이 온 것 같아요. 독서나 핸드폰 들여다보는 것도 하루이틀이지 나중에는 좀 따분했어요. 희연이가 낮잠 잘 때마다 지루한 시간을 때워보려고 이것저것 공상하다가 안방 안을 돌아다녔어요. 엄마도 보셨겠지만 이 집 안방이 꽤 넓잖아요. 돌아다니다가 정말 희한한 공간을 발견했어요. 드레스룸 신발장 안쪽이 텅 빈 공간 같더라고요. 제대로 확인하려면 도면이 필요하다고 생각해서 옛날 도면을 몰래 구했어요."

안방 자체가 백 평이 넘는 또 하나의 집이었다. 딸이 제일 시간을 많이 보내는 공간인 안방은 TV 딸린 침실과 거대한 드레스룸, 아기 방, 책상과 서가가 있는 아담한 서재 그리고 건식 화장실과 자쿠지 욕조가 있는 욕실, 붙박이장으로 이루어져 있었다.

"엄마, 여기 좀 보세요."

딸이 서가에서 두 장의 큰 종이를 가져와 침대에 펼쳤다. 심각한 표정을 짓고 있었다.

"이게 다 뭐야?"

"이 저택의 도면이에요. 이 왼쪽에 있는 도면은 인허가용 도면, 즉 공식적인 도면이예요. 나머지 하나는 이 집의 진짜 도면. 인허가를 받기 위한 가짜 도면이 아니라 진짜 이 집 안에 뭐가 숨겨져 있는지를 샅샅이 알려주는 비밀 도면이죠. 내부자들을 위한 도면이랄까. 이 비밀 도면은 김사근 건축사무소에 근무했던 사람에게 뒷돈을 주고 받아 왔어요."

"언제 도면까지 받아왔어?"

"김 기사 덕분이죠. 엄마, 여기 보여요?"

딸이 손가락으로 도면을 짚었다.

"이 통로 보여요? 정말 감쪽같이 감춰져 있어서 처음에는 내 눈을 믿을 수가 없었어요. 이 집이 1976년에 인허가가 나고 78년에 준공되었는데, 그 뒤 2010년에 한 번 더 증축을 했대요. 그때 공사하면서 옛 통로를 교묘하게 감춘 것 같아요. 나 혼자서는 도저히 통로로 들어갈 엄두가 안 나서 탐험을 미뤄두고 있었어요. 그런데……."

"그런데?"

"이제 엄마가 내 곁에 있으니까 용기가 나요. 같이 저 통로로 가봐요. 뭔가 대단한 걸 찾을 수 있을지도 몰라요."

나는 생각에 잠겼다.

"알겠어. 그럼 한 명 더 같이 가는 건 어떨까?"

나는 딸에게 운전기사 김 씨를 포섭하자고 설득했다. 김 기사는 나와 사귀고 있고 침착하고 자제력이 강한 사람이라고 설명했다. 내가 네 친모인 것도 이미 알고 있다고 했다. 그애는 김 기사와 내가 연애하는 사이라고 하니 잘 됐다면서 미소를 지었다.

"엄마도 행복하게 지내셔야죠."

우리 둘이서만 이 통로로 들어가는 것은 무모했다. 우리가 미처 상상하지 못했던 **위험한 것**들이 통로 끝에 기다리고 있을지도 모른다.

"우리에게 무슨 일이 생기면 희연이를 누가 돌보겠니. 김 기사 같은 든든한 동지가 있으면 한결 안전할 거야."

딸은 손톱을 물어 뜯으면서 내 설명을 듣더니 고개를 끄덕였다.

희연이가 길게 자는 오후 낮잠 시간에 우리는 모험을 강행하기로 했다. 김 기사는 딸의 설명을 듣고 흔쾌히 도와주겠다고 했다. 김 기사, 나, 딸 이렇게 세 사람이 안방에 딸려 있는 드레스룸으로 갔다.

딸이 드레스룸 구석에 있는 신발장 문을 활짝 열었다. 구두를 다 내려놓자 벽에 작은 손잡이가 붙어 있었다. 손잡이를 잡아 당기자 벽이 양쪽으로 열리면서 또다른 하얀 벽이 나타났다. 딸이 주먹으로 벽을 두들겼다. 퉁퉁. 맑은 소리가 났다.

"내 말이 맞죠? 이 뒤에는 아무 것도 없어요."

벽에는 두꺼운 석고보드가 몇 겹이나 겹쳐져 있었다. 우리는 석고보드를 한 장 한 장 떼어냈다. 김 기사는 힘이 세서 큰 도움이 되었다. 잠시 후 캄캄한 동굴 같은 통로가 드러났다. 손전등으로 비춰보니 아래로 내려가는 계단이었다.

"손전등은 한 사람 당 하나예요."

딸이 싱긋 웃으며 세 개의 손전등을 내밀었다.

"아기가 깨기 전에 서둘러야 해요."

우리는 좁고 어두운 계단을 천천히 걸어서 내려갔다. 한참을 내려갔을 때 다른 통로와 합쳐지면서 앞쪽으로 좁은 복도가 나왔다. 복도 벽에는 외벽등이 달려 있어서 환했다.

"저 통로는 뭐지?"

내가 다른 통로를 손가락으로 가리키면서 물었다.

"도면에서 저 통로는 남편 서재로 통해요. 아마 남편은 매일 저 통로로 왔다 갔다 할 거라고 생각해요."

"안방은 막아놨고 서재만 연결해 놨네."

"아마, 아내는 이 통로를 모르기를 바랐겠죠. 돌아가신 시아버님도 생전에는 서재에 연결된 통로를 이용했을 것 같아요."

긴 복도 바닥에는 붉은 카페트가 깔려 있었다. 복도 끝에는 고풍스러운 장식의 넓은 나무 문이 있었다. 놋쇠로 된 문 손잡이는 포효하는 사자의 입 모양이었다.

우리는 천천히 사자 모양 문손잡이를 돌려 문을 열었다.

문을 열자 훈훈한 공기가 훅 하고 코 끝을 스쳤다. 층고가 높고 넓은 방은 인테리어가 잘 되어 있었다. 방 한쪽 면에는 큰 서가가 있어서 수많은 책이 빽빽하게 꽂혀 있었다. 서가 옆에는 오디오와 진공관 스피커가 있었고 대형 TV도 있었다. 방 한 가운데에는 유리로 만든 온실 같은 작은 방이 여러 개 있었다. 그 중 한 유리 온실 안에는 한 남자가 침대에 앉아 있었다. 온실 문에는 음식을 넣고 빼는 입구가 있었고 문은 자물쇠로 잠겨져 있었다. 남자는 아담한 키에 마른 체격이었다. 머리 숱이 많았고 뿔테 안경을 쓰고 청바지에 면티를 입고 있었다. 나이는 삼십 대 정도로 보였다. 그는 침대에 앉은 채 집중해서 책을 읽고 있다가 우리를 발견하고 흠칫 놀랐다. 창백한 얼굴에 두려운 표정이 떠올랐다.

"누구세요?"

딸이 물었다.

"저야말로 묻고 싶네요."

남자가 중얼거리더니 책을 펼친 채로 침대에 놨다.

"혹시 태주관 사장님의 아내분이신가요?"

그는 딸을 응시하더니 질문을 던졌다.

"네. 저를 어떻게 아세요?"

딸이 물었다.

"이야기를 많이 들었습니다. 듣던 대로군요."

딸은 어리둥절한 모양이었다.

"당신과 나는 일종의 경쟁상대일 수도 있겠네요."

남자가 비틀린 미소를 지었다.

잠시 후 문 뒤에서 누군가 걸어오는 발걸음 소리가 들렸다. 남자가 다급하게 말했다.

"저 서가 옆에 있는 붙박이장이 보이죠? 그 안이 비어 있으니 문을 열고 숨어요."

"누군가요?"

"광주댁일 겁니다. 나한테 저녁식사를 주기 위해 오는 걸 거예요. 광주댁은 저에게 하루 세 끼 밥을 갖다 주는 간수죠. 저기, 가능하다면 내일 다시 오십시오. 꼭 드릴 말씀이 있습니다."

남자가 빠르게 속삭였다.

우리 셋은 황급히 붙박이장 안으로 들어갔다. 환기구멍으로 밖을 볼 수 있었다. 잠시 후 문이 열리는 소리가 들리고 광주댁이 들어왔다. 양손에는 저녁식사가 담긴 쟁반이 들려 있었다.

"우리 최 검사님, 저녁입니다."

광주댁은 남자에게 친근한 말투로 말을 걸었다. '이 집에서 살아남으려면 입이 무거워야 돼.' 한숨 지으며 그녀가 말하던 모습이 떠올랐다.

"안녕하세요."

"오늘은 태 사장님이 많이 늦으신다고 해요."

"네."

"지난번에 부탁한 거 가지고 왔어요. 맥주 마시고 싶다고 했죠?"

광주댁이 쟁반을 내려놓더니 남자에게 캔맥주를 보여주었다. 바로 거침없이 유니폼을 벗었다. 두툼하고 육감적인 몸매가 드러났다. 보수적인 가사도우미 유니폼 안에 저렇게 야한 슬립을 입었을 줄이야. 그녀는 유니폼 앞주머니에서 열쇠를 꺼내더니 온실 문을 열었다.

"역시 광주댁밖에 없어요."

남자가 싱긋 웃으며 대꾸했다.

"나 요즘 검사님만 생각해요."

광주댁이 속삭이더니 남자를 껴안고 키스했다. 최 검사라고 불린 남자는 고분고분 광주댁에게 응하며 우리쪽을 향해 나가라고 손짓했다. 우리는 살며시 붙박이장 문을 열고 방을 빠져

나갔다. 광주댁과 남자는 신음소리를 내느라 정신이 없었다.

다시 긴 복도를 지나 두 통로로 나뉘는 구간에서 안방으로 향하는 통로로 걸어 올라갔다. 무사히 안방으로 돌아와서야 우리는 안도의 한숨을 쉬었다. 김 기사가 석고보드로 통로를 다시 막았다.

딸이 말했다.

"엄마, 내일 또 가요. 저 남자한테서 모든 것을 알아내야겠어요."

나와 김 기사도 동의했다.

6

광주댁은 삼십 분 후에 윤기 흐르는 얼굴로 나한테 와서 퇴근한다고 일렀다. 나도 짐짓 아무렇지 않은 표정으로 인사를 했다. 그녀가 집을 떠나자 안방으로 가서 딸을 만났다. 그애가 말했다.

"엄마, 그동안 수상하게 생각했던 것들이 조금씩 맞아 떨어지는 것 같아요."

그애는 뭔가 짚이는 게 있는 듯했다.

다음날 나는 광주댁과 점심을 함께 먹고 홍차를 탔다. 광주댁에게 권한 홍차에는 코끼리 한 마리를 재울 만큼 수면제를 넉넉하게 넣었다. 남자를 방문한 동안에 또 광주댁을 마주치고 싶진 않았다. 그녀가 거실 소파에서 곯아 떨어진 것을 보고 나와 딸과 김 기사는 다시 비밀통로로 향했다.

남자는 유리 감옥 안에서 서성이고 있었다. 우리가 나타나자 진심으로 기쁜 표정이었다.

"기다렸습니다. 혹시 오지 않을까봐 걱정했어요."

딸이 물었다.

"도대체 이 공간은 뭔가요. 그리고 어제 광주댁이 당신을 최 검사라고 부르던데, 대체 누구세요? 뭐가 어떻게 된 건지 하나하나 설명해주세요."

그때부터 남자가 입을 열어 우리에게 해준 이야기는 놀라운 것이었다.

"제 이야기는 조금 뒤에 하죠. 태화의 정체를 압니까? 한국 대기업 중에 정경 유착이 안된 곳이 드물지만 그중에서도 태화는 박정희 독재정권 시절에 건설업 계열에서 굵직한 개발 사업을 여러 건 수주하면서 부를 크게 축적한 기업이죠."

"그건 인터넷에도 나와 있어요."

"그럼 이 정보도 나와 있나요? 태화가 재벌들의 고리대금업자란 거요."

남자가 웃으면서 물었다.

"여러분은 태주관이 태명수 회장으로부터 작은 회사 몇 개를 물려받았다고 알고 있을 겁니다. 하지만 그 회사들은 눈가리개에 불과합니다. 태주관은 아버지를 이어 2대 째 종사하고 있는 재벌들의 사채업자죠. 재벌들이 급전이 필요할 때 높은 금리로 현금을 빌려주는 일수업자 같은 존재입니다. 이 감옥 아래층에 장부와 은닉재산을 보관한 비밀금고가 있을 겁니다."

"아래층이요?"

"아마 태명수 회장이 건축가 김사근에게 특수한 설계를 부탁했을 겁니다. 사설감옥과 비밀금고를 만들어달라고 했겠죠. 그동안 이 집에 살면서 모든 생활 공간이 삼 층에 몰려 있는 게 수상하지 않았습니까? 이 집의 지하는 총 삼층이고, 지하 일층엔 사설감옥, 이층엔 비밀금고 그리고 마지막 삼층에는 비밀창고가 있습니다. 지하 주차장과 생활공간 사이에 세 개 층에 달하는 비밀공간을 만든 거죠."

"검사님은 누구시죠? 이 감옥에 왜 갇히신 거죠?"

딸이 계속 물었다.

"제 이름은 최일도라고 합니다. 전직 검사였죠. 왜 갇혔느냐…… . 검사 시절에 선배 말을 듣지 않아서 이렇게 됐다고 칩시다."

최 검사는 쓴웃음을 지었다.

"육 년 전, 저는 갓 검사가 된 지라 쓸데없이 정의감이 넘쳤죠. 제가 세상을 바꿀 수 있을 거라고 믿었습니다. 선배가 태화 사건을 저한테 넘기면서 적당히 덮어주라고 강요하더군요.

아마 뇌물을 받은 듯했습니다. 저한테도 뇌물 제안이 들어왔지요."

최 검사가 계속 말했다.

"다 거절했습니다."

"그래서요?"

이번엔 내가 물었다.

"그러자 태주관이 직접 만나자고 하더군요. 저는 피의자를 만난다는 생각으로 만났습니다. 그때 느낌이 정말 이상했어요. 직감을 따랐어야 했는데……. 차라리 그 사건을 맡지 않고 넘겼어야 했어요."

"네?"

"저는 태주관에게 곧이곧대로 기소하겠다고 통보했습니다. 태주관 얼굴이 창백해지더군요. 아버지 대부터 검찰과 좋은 관계였는데 일개 피라미 검사 따위는 두렵지 않다고 폭언을 퍼붓더군요. 저는 태주관이 그럴수록 더 당당하게 굴었습니다."

"그 뒤에?"

"며칠 있다가 동료 검사들과 회식을 했습니다. 이상하게 평소보다 거나하게 취해서 나중에는 의식을 잃고 말았지요. 마지막 기억은 집으로 돌아가는 택시 안이었는데 정신을 차려보니 이 사설감옥에 들어와 있었어요. 벌써 육 년 전의 일이죠."

"납치감금을 당했군요."

내가 말했다.

"네. 태주관이 말하더군요. 너 말고 사건을 뭉갤 만한 다른 검사에게로 사건을 이관하는 사이에 넌 감옥에 있어줘야겠다고. 석방은 가망이 없으니 포기하라고 하더군요. 이 공간은 역사와 전통이 오래된 사설감옥이라고 웃으면서 설명해주더군요. 태명수 회장 시절부터 있었던 감옥이라고 했습니다. 어린 시절부터 아버지를 따라 이 감옥을 드나들었다고 했습니다.

아버지는 말을 안듣는 사업 파트너나 거래처 직원을 이 사설감옥에 가두고 고문하거나 죽였다고 하더군요. 태주관은 아버지가 죄수들을 고문할 때마다 서커스를 보는 기분으로 즐겼다고 했습니다. 저에게 혹시 맞는 걸 좋아하냐고 물어봤지요. 저는 아니라고 했습니다. 그는 웃더군요.

태주관은 저에게 아내와 딸을 몰래 찍은 동영상을 보여주더군요. 앞으로 모녀는 네가 실종되었다고 믿고 잘 살아갈 거라고 했습니다. 저는 울었습니다. 태주관은 그런 저를 보면서 또 웃었습니다. 가족과는 그렇게 생이별을 했습니다."

"정말 힘드셨겠어요."

딸이 중얼거렸다.

"처음에는 그를 증오했습니다. 단식투쟁도 해봤고. 체중이 십 키로 정도 빠진 적이 있어요. 직접 링겔을 맞히고 콧줄로 영양을 투여하더군요. 자살하고 싶어도 이 감옥 안에 노끈 하나 없으니 불가능했습니다. 시간이 지나면서 점점 그에게 복종하게 됐죠. 현실과 타협을 했습니다. 태주관의 말을 잘 들으면 앞으로 이 감옥에서 살아나갈 수 있다고 생각했죠."

"그런데요?"

"육 년이 지난 지금도 태주관은 저를 풀어줄 생각은 전혀 없습니다. 대신 저는 시간을 때울 약간의 오락거리들을 제공받기 위해 그에게 몸을 제공하게 되었지요. 책, 영화, 음악……. 태주관이 주지 않는 것들을 얻기 위해 광주댁도 유혹했죠. 처음에는 자존심이 무너지고 고통스러웠지만 몇 년이 흐르니 자연스럽게 받아들이게 되더군요. 만약 이 외로운 감옥에서 태주관이나 광주댁과 관계하지 않았다면 저는 미쳐버렸을 겁니다.

어느날 같이 술을 마셨을 때 태주관이 울면서 고백한 적이 있습니다. 아주 어렸을 때부터 아버지에게 성폭행을 당했다고 하더군요. 그 영향인지 그는 여자 남자 가리지 않는 바이인 것 같습니다. 저는 게이에 가까울 거라고 추측합니다만."

"어쩐지……."

딸은 신음소리를 냈다.

"남편이 제가 희연이를 낳은 뒤에는 건드리지 않더라구요."

최 검사는 안경을 만지면서 힘 없이 웃었다.

"보시다시피 저는 평범한 남자입니다. 미남과는 거리가 멀고 시력도 나쁘고 근육질도 아닙니다. 길거리에서 걸으면 아무도 거들떠 보지 않을 제가 이렇게 누군가의 숨겨진 정부로 살게 될 줄은 몰랐습니다. 갇힌 세월이 오래되다 보니 태주관과 광주댁에 동화된 건지도 모르지요. 뭐, 색다른 즐거움이긴 해요. 저도 제가 남자랑 될 줄은 몰랐거든요."

"계속 이렇게 사실 순 없잖아요. 검사님의 예전 삶으로 돌아가야지요."

안타깝다는 듯이 딸이 말했다.

"예전 삶? 이젠 기억도 나지 않습니다. 탈출은 꿈도 꿀 수 없었죠. 조력자가 필요한데 제 곁에는 아무도 없었습니다. 그러다가 태주관의 첫 번째 아내가 운 나쁘게도 저를 발견했죠. 당신들이 내려온 비밀통로를 스스로 발견한 것 같습니다. 당시 다른 가사도우미와 함께 내려와서 저를 탈출시켜려다가 실패했어요. 태주관이 때마침 집에 일찍 오는 바람에 들키고 말았죠. 그는 아내와 가사도우미를 그 자리에서 죽여버렸죠. 사냥 나이프로 제 눈앞에서 직접 살해했습니다. 그 뒤 광주댁이 와서 비서와 함께 두 사람의 시체를 수습하더군요. 나중에 광주댁이 알려줬는데 지하 삼층 비밀창고에 그들의 시체를 묻었다고 합니다.

바로 다음 해에 당신과 재혼했다고 해서 저는 깜짝 놀랐죠. 사람들의 관심을 돌리려고 빨리 결혼한 것 같습니다."

최 검사가 낮은 목소리로 말했다.

우리는 벌린 입을 다물지 못했다.

"저는 푸른수염의 두 번째 아내인 셈이네요. 어쩐지 저한테 저돌적으로 청혼하는 게 이상했는데."

딸이 떨리는 목소리로 말했다.

"언론에는 첫 번째 아내가 태주관과 협의이혼하고 미국으로 이민간 걸로 발표했죠? 그거 순 사기입니다. 다른 여자가 아내인 척 하면서 그녀의 여권을 가지고 미국행 비행기를 타고 나갔죠. 친정 식구들은 아마 돈으로 막았을 겁니다.

저는 그 두 사람이 죽던 날, 탈출에 대한 의지가 완전히 꺾여 버렸습니다."

"이번엔 달라요. 우리는 무려 세 명이에요. 김 기사님은 해병대 출신에 무술도 잘 해요. 우리가 검사님을 탈출시켜 드릴게요. 대신 우리에게 이 집에 대한 모든 것을 말씀해주셔야 해요."

딸이 결연하게 말했다.

최 검사가 몇 가지를 더 이야기해주었다. 틀림없이 비밀금고로 가는 통로가 따로 있을텐데 이 사설감옥에서는 연결된 통로가 없는 것 같다고 했다.

"전에 태주관이 지나가듯이 말한 적이 있죠. 지하 일층, 이층, 삼층은 제각각 철저하게 독립된 공간이고 각각의 공간에 도달하려면 저택 삼층에서 개별적인 통로를 거쳐야 한다고요."

"놀랍군요. 남편이 검사님한테는 온갖 이야기를 다하는군요. 저하고는 하루에 삼십 분도 대화하지 않는데."

딸이 중얼거렸다.

"아마 나를 사랑하기 때문일 겁니다."

최 검사는 입가에 일그러진 미소를 지은 채 아무렇지도 않게 말했다.

"굳이 이야기하자면 저도 태주관을 사랑한다고 생각합니다. 아니 그렇게 생각하려고 노력해 왔습니다. 제 생명이 그에게 달려 있으니까요."

"검사님, 비밀금고를 찾아봐야겠어요. 혹시 힌트를 주실 수 있을까요?"

딸이 망설이면서 물었다.

"아까 말했듯이 저택에 이층 비밀금고로 가는 통로가 아마 있을 겁니다. 그 통로를 찾는 수밖에 없어요. 태주관이 평소에 접근하기 좋은 공간에 통로의 입구가 있을 거라고 생각합니다."

최 검사가 대답했다.

"알았습니다. 찾아볼게요. 그리고 검사님, 꼭 이 감옥에서 나가게 해드릴게요."

딸이 말했다.

"고맙습니다."

최 검사는 쓸쓸히 말했다.

우리는 탈출계획이 세워지면 그를 다시 만나기로 하고 안방으로 돌아왔다.

드레스룸에서 딸은 도면을 다시 펼쳤다. 나는 잠에서 막 깨어난 희연이를 안아서 어르면서 김 기사와 함께 도면을 들여다 봤다.

딸이 생각에 잠긴 표정으로 말했다.

"남편이 내가 안방에 틀어박혀 있었던 한 달 동안 무척 초조해 했어요. 최 검사 이야기를 듣고 나니 뒤늦게 깨닫는 지점이 있어요. 남편은 나를 걱정한 게 아니었어요. 안방에 있는 뭔가 중요한 것 때문에 내가 방 밖으로 나오길 바랐겠죠."

갑자기 내 머릿속에 떠오르는 생각이 있었다.

"맞아. 태주관이 나보고 안방에는 사업에 꼭 필요한 것이 있다고 했어. 너를 방 밖으로 나오게 해주면 보너스를 칠백만 원이나 주겠다고 한 것도 수상해."

"엄마, 안방에 또다른 비밀통로가 있지 않을까요? 그 통로가 금고로 통할 거예요. 김 기사님은 어떻게 생각하세요?"

"글쎄요."

김 기사는 난처한 표정이었다.

"우리 안방 도면을 자세히 살펴봐요."

우리 세 사람은 도면을 샅샅이 들여다 보았다.

"여기 전신거울 부분이 좀 수상한데요."

김 기사가 도면에서 드레스룸 한 가운데에 있는 거울 부분을 손가락으로 가리켰다.

"보통 가느다란 박스 처리만으로도 충분한데 뭔가 그렸다가 지운 흔적이 있어요."

과연 그랬다. 문처럼 열림 표시를 그렸다가 그 위를 다시 지운 흔적이 있었다.

"이 거울이 비밀 문일까?"

내가 물었다.

"직접 확인해 봐요."

딸이 담담하게 말했다.

우리는 전신거울을 건드려봤다. 거울은 꿈쩍도 하지 않았다.

"틀림없이 특별한 장치가 있을 겁니다."

김 기사가 고심하면서 말했다.

드레스룸은 어지간한 집 거실만큼 넓었다. 가운데에 큰 전신거울이 있었고 왼편은 딸이 쓰고 오른편은 태주관이 썼다. 사계절 옷을 전부 걸어도 될 만큼 넉넉한 공간이었다.

"남편이 옷을 갈아입을 때마다 반복하는 행동은 없어?"

내가 딸에게 물었다.

"음……. 요즘은 각방을 쓰면서 남편이 서재에 딸린 붙박이장으로 옷을 옮겼기 때문에 별로 생각나는 게 없어요."

딸이 이마를 찌푸리더니 생각에 잠겼다. 잠시 후 눈이 동그래졌다.

"아, 하나 떠오르는 게 있어요. 남편은 향수를 매우 좋아해요. 드레스룸에 들어가면 꼭 향수를 뿌리고 나오죠. 여기 어디 향수만 모아서 보관하는 서랍이 하나 있을 텐데."

"태주관이 어떤 향수를 제일 좋아하지?"

내가 물었다.

"골드러쉬."

딸이 눈을 크게 뜨면서 말했다.

순간, 우리 셋은 서로 얼굴을 쳐다보았다. 딸은 서둘러 뛰어가더니 급하게 향수 서랍을 열어제꼈다. 수십 개가 넘는 많은 향수들 중에 골드러쉬 향수만 눈에 띄게 진열되어 있었다. 금빛 쟁반 위에 놓여져 있었다.

딸이 골드러쉬 향수를 집어들고 쟁반을 치우자 밑에 버튼이 하나 나타났다. 그애는 잠시 심호흡을 하고 버튼을 눌렀다.

거의 아무 소음 없이 거울의 오른쪽이 열리고 작은 문이 나타났다. 문을 열자 어둠에 잠긴 계단이 보였다.

우리는 문을 열고 새롭게 발견한 비밀통로를 걸어서 내려갔다. 곧이어 우리 세 사람은 놀라운 장면을 목격했다. 황홀하고도 감격스러운 순간이었다. 나는 딸을 부둥켜안았고 김 기사는 어안이 벙벙해진 채로 멍하니 서 있었다.

우리는 한동안 침묵했다. 한참 뒤에 내가 먼저 입을 열었다.

"주희야, 내가 그동안 너한테 말하지 않은 게 하나 있어."

"뭔데요, 엄마?"

"내 이전 직업. 너와 헤어지고 나서 이십 년 정도 좀 색다른 일에 종사했는데……"

"네"

"그때 경력이 도움이 될 것 같구나. 지금 떠오른 생각이 있어."

나는 내 계획을 딸에게 설명했다. 이 계획대로만 잘 된다면 우리는 태주관에게 복수할 뿐만 아니라 희연이의 양육권을 그에게서 빼앗아 평생 돈 걱정 없이 자유롭게 살 수 있을 것이다. 최 검사도 탈출한 후에 안전을 보장받을 수 있다. 딸은 처음에는 내 계획을 반신반의하는 표정으로 듣기 시작했지만 설명이 끝나자 고개를 끄덕였다.

"계획은 근사한데 우리가 과연 해낼 수 있을까요?"

딸이 걱정스레 물었다.

"엄마는 너를 위해서라면 무엇이든 할 수 있어. 날 믿어."

나는 말했다.

7

　엘리베이터 도착음이 울렸을 때 나는 어둠 속에서 홍차를 마시며 소파에 앉아 있었다. 태주관은 평소처럼 밤 아홉 시가 넘은 시각에 지하주차장에 벤츠를 세우고 곧장 엘리베이터를 타고 거실이 있는 삼층에 도착했다. 김 기사가 미리 파악한 대로 운전기사와 비서는 퇴근시키고 혼자 올라왔다.

　태주관은 아내와 어린 딸이 있는 안방은 거들떠 보지도 않고 어둑어둑한 거실을 지나 바로 서재로 가려고 했다. 나는 온화한 목소리로 그를 불러세웠다.

　"사장님, 잠시 말씀 드릴 것이 있습니다."

　그는 걸음을 멈췄다.

　"한 선생님?"

"네."

태주관은 거실 조명을 켰다. 짙게 화장하고 짧은 원피스를 입고 소파에 앉아 있는 나를 쳐다보았다.

"아직 주무시지 않았네요? 오늘은 어째 평소와 분위기가 다르네요."

태주관이 놀란 표정으로 말을 걸었다.

"사모님과 아기는 잘 자고 있습니다. 이야기가 길어질 것 같으니 잠시 앉으시지요. 밤이 늦었지만, 차 한잔 드릴까요?"

"네, 지금 드시는 것과 같은 걸로……. 하실 말씀이란 게?"

나는 홍차를 타서 태주관에게 내밀었다.

"실은 제가 내일 사직서를 낼까 합니다."

"네? 이렇게 갑자기요?"

"네, 죄송하지만 그렇게 됐습니다. 사장님 부부와 큰 사모님께서 저에게 그동안 정말 잘해주셨는데, 아무래도 이젠 시터를 그만두어야 할 것 같습니다. 죄송합니다."

"아내는 알고 있나요?"

"네. 실은 그 점에 대해서 추가로 말씀을 드릴 게 있어서요."

나는 살짝 미소를 지으며 다리를 반대편으로 꼬았다. 태주관은 당황하고 있었다. 반백이었던 머리를 올블랙으로 염색하고 속이 비치는 시스루 원피스에 바비 브라운 립스틱을 짙게 바른 내 모습은 그에게 낯설고도 기이했을 것이다. 그도 그럴 것이 지난 십 년 동안 내가 체험한 소위 잘 사는 부자들은 고용인이 개별적인 삶과 개성을 주장하는 데에 전혀 익숙하지 못하다. 그동안 단 한 명도 내 이름을 기억하는 사람을 못 봤다. 나는 언제나 한 선생, 아니면 한 시터였다. 물론 나는 그 익명성이 편했고 고객이 현금만 두둑이 챙겨주면 만족했지만.

"몰라보겠습니다. 한 선생님이 항상 미인이라고 생각하긴 했습니다. 늘 화장기 없는 모습만 뵙다가……."

태주관이 어색한 분위기를 깨려고 시도했다.

"실은, 제 이야기를 듣고 사장님께서 언짢아 하실 수도 있겠다 싶어서 좀 걱정이 됩니다. 그래도 할 말은 해야 하니 말을 꺼내 봅니다."

나는 굴하지 않고 지극히 예의를 차려서 이야기를 꺼냈다. 예의는 아무리 차려도 부족할 것이다. 태주관이 분노하지 않을 수 없을 테니까.

"저만 그만두는 게 아니라 사모님도 그만둡니다."

"네, 네? 무슨?"

태주관이 헛웃음을 지었다.

"한 선생님, 이거 왜 이러세요. 그동안 뭐 서운한 게 있으셨나요? 장난치지 말고 똑바로 이야기하세요."

"사장님, 지금 똑바로 말씀드리고 있어요. 사모님은 더 이상 사장님의 아내 노릇을 못하겠다고 하세요. 부부가 직접 이런 이야기를 나누는 건 별로 좋지 않지요. 그래서 제가 대리인으로 나선 겁니다."

"제가 이해가 안 되서 그러는데 다시 한 번 제대로 설명해 보시지요."

"제 말 어디가 그렇게 어려워서 이해를 못하시는지 모르겠지만 다시 설명해 드릴게요. 사모님이 사장님 아내를 그만둔대요. 그러니 돌잔치는 취소하시고요, 초대한 사람들한테는 갑자기 취소해서 죄송하다고 연락을 돌리세요."

말을 마치고 나는 깊은 한숨을 쉬었다.

"있는 것들은 이래서 문제야. 모든 현상을 자기 본위로만 해석하거든."

"뭐라고요? 있는 것들?"

"제가 뭐 틀린 말 했습니까? 태화 회장의 막내아들이면 있는 것 맞잖아요. 사모님과 희연이는 오늘 일찌감치 짐 싸서 안전한 곳으로 먼저 떠났습니다. 아마도 법정까지 가면 태화에서는 아주 좋은 변호사를 쓸 거고 사모님이 법정 싸움에서 이겨서 양육권을 받을 확률은 매우 희박하겠지요. 희연이는 무심한 아빠와 할머니 밑에서 사랑받지 못하고 자랄 거고요. 그래서 우리는 열심히 고민했습니다."

"뭐? 나갔다고 벌써?"

태주관은 소리를 지르며 안방으로 들어갔다. 이곳저곳 돌아다니면서 애타게 외치기 시작했다.

"여보? 여보, 어딨어?"

곧 집기를 집어던지고 물건이 부서지는 소리가 났다. "여보, 희연아." 돌아오는 것은 침묵, 싸늘한 침묵 뿐이었다.

잠시 후 씩씩거리며 돌아온 태주관은 붉어진 얼굴로 자리에 앉았다. 목이 타는지 식은 홍차를 벌컥벌컥 냉수 마시듯이 들이켰다. 나에게 다가오더니 다짜고짜 멱살을 잡았다. 물론 다 예상했던 바였다.

"이 미친년아, 내 아내 어딨어? 희연이는? 아내를 어떻게 꼬드긴 거야. 경찰 부를 거야."

이를 악물고 그가 속삭였다. 나는 미소를 지었다.

"사장님, 왜 이러세요. 이혼이 죄인가요? 사장님. 이게 첫 번째 이혼은 아니잖아요? 첫 번째 사모님이 어떻게 되었는지 상세한 증언은 사장님 비밀감옥 안에 살고 있는 친구분께 다 들었습니다. 아, 친구가 아니라 연인이던가요? 최 검사님? 네, 만났어요. 그분이 사장님이 전처를 살해했다고 낱낱이 폭로하는 증언을 제가 핸드폰 동영상으로 찍어서 전부 사모님한테 보내놨어요. 제가 터럭 하나 다친 데 없이 사모님한테 돌아가지 않으면 사모님이 검찰에 바로 제출할 겁니다."

태주관의 얼굴이 하얗게 질렸다.

"뭐? 뭐라고?"

"이거 놓으세요. 그래야 마무리를 짓지요."

태주관은 멱살을 잡은 손을 놓았다. 나는 숨을 돌렸다.

"이 집은 1976년에 유명한 건축가 김사근이 설계했더군요. 현관과 거실을 비롯한 주 거주공간이 모두 삼층에 모여 있다는 게 수상쩍었죠. 사모님이 참 대단해요. 산후우울증이 와서 안방에 틀어박혔던 한 달 동안에 결국 비밀공간을 찾아냈어요. 전직 변호사니 얼마나 똑똑하겠어요. 똑똑한 아내를 평소에 무시하지 말지 그러셨어요. 아참, 비밀감옥에 갇혔던 최 검사님은 오늘 풀어드렸어요. 제가 손을 써서 여권도 마련해 드렸고요."

"뭐? 최, 최 검사? 그 사람을 어떻게 했다고?"

태주관은 진심으로 큰 충격을 받은 표정이었다.

"광주댁이 녹차를 좋아해서, 차에다 약을 좀 탔어요. 열쇠 훔치는 건 식은 죽 먹기였죠. 놀랐군요. 정말 최 검사를 사랑하나 보군요. 하긴, 최 검사도 막상 감옥에서 나왔어도 표정이 밝지 않더라고요. 그분도 태 사장님을 많이 좋아했나 봅니다. 그래도 당신보다는 자유가 더 좋을 걸요."

"닥쳐. 네가 뭘 알아."

태주관의 눈가가 붉어졌다.

"아무튼 최 검사님은 오전에 일찍 탈출시켰으니 지금은 가족을 만나 먼 나라로 도망갔을 겁니다. 아침 비행기를 탔다고 했으니까 도착하고도 남았겠네."

나는 하품을 하면서 기지개를 켰다.

"이제 슬슬 지루해지려고 하네? 그만 마무리를 짓죠, 사장님. 사모님은 사장님과 이혼하고 싶은데 양육권이며 위자료며 제대로 못 챙길 것 같아서 미리 선수를 친 겁니다. 당신과 앞으로 살아갈 인생이 상상만 해도 너무 끔찍해서 견딜 수가 없다고 하네요.

집에는 밤늦게 기어들어오고 철 없는 시어머니에겐 효도하라고 하고 재미는 딴 여자들과 보고. 아니 딴 남자라고 해야할까요? 어린 딸에게는 무심하고 한창 나이의 아내는 건드리지도 않고. 사모님은 이제 남자는 지긋지긋하다고 인생에서 남자는 지우고 아마조네스처럼 혼자 딸 아이를 키우면서 살겠다는데, 아무래도 아이를 제대로 키우려면 돈이 많이 들겠죠?

우리가 며칠 전에 비밀금고에서 발견한 엄청난 양의 금괴와 현금을 보니, 위자료와 퇴직금으로 거기에서 조금 가져간다고 한들 이 잘나가는 기업 태화에는 파리 눈물만큼이나 작은 양일거라고 생각했어요. 아주 조금 실례했습니다. 아, 물론 최 검사님께도 정신적 보상금으로 조금 챙겨드렸어요."

"금고를? 대체 어떻게 들어간 거야. 돈을 가져갔다고? 이게 다 네 머리로 생각해낸 거야? 너 따위가?"

태주관은 온몸을 부들부들 떨고 있었다.

"암호가 골드러쉬라니 너무 쉬워서 원. 아, 저를 시터라고 우습게 봤군요? 제가 전에 어디에서 일했는지, 아직 모르시죠? 저 강남의 한 PB(Private Banking)에서 일했어요. 팀장으로 승진까지 했었어요. 부유층이 세금을 내지 않으려고 평소에 재산을 어떻게 은닉하는지 잘 알고 있죠. 제가 제일 인기 있는 조언자였는데요. 특히 현금과 금괴는 은행에 예치하지 않고 보통 집안 금고에 보관한다는 것쯤은 잘 압니다.

재미있는 이야기 하나 할까요? PB 시절 단골이었던 여사님의 며느리가 제가 시터로 전업한 후에 제 고객이 되어서 그 집 손주를 돌봤을 때에도 그 여사님은 저를 정면으로 보면서도 제 얼굴이나 이름을 전혀 기억하지 못하더군요. 저는 한낱 하녀에 불과했을 뿐이니까요. 전직 PB 팀장 출신의 하녀라니, 이건 예상 못했죠?"

"닥, 닥쳐."

태주관은 두통이 오는지 양 관자놀이를 손바닥으로 짚었다.

"아, 알아서 닥칠 겁니다. 이젠 별로 할 말도 없고. 사모님이 이혼서류는 우편으로 보낼 겁니다. 협의이혼 서류는 되도록 빨리 처리하는 게 좋을 겁니다. 최 검사님이 증언한 동영상을 검찰이 아닌 언론에 풀 수도 있으니까요. 메이저 언론까지 갈 필요도 없어요. 요즘 유튜버나 인플루언서들이 얼마나 많은데요.”

“내, 내가 니들 다 죽여 버릴 거야. 으윽.”

태주관은 머리카락을 쥐어뜯으면서 소파에 주저 앉았다.

“두통이 심하죠? 아까 탔던 약이 이제야 효과가 나기 시작하나 봅니다.”

“뭐, 약을 탔다고?”

“몇 가지 섞었는데 뭐더라, 근육이완제 조금이랑……. 수면제? 여튼 이제 점점 몸이 나른해지고 의식이 뿌옇게 되면서 잠이 올 겁니다.”

태주관이 나에게 삿대질을 했다.

“내가 니들이 도망가게 둘 것 같아? 특히 너. 아이 돌보는 하녀 주제에.”

나는 깔깔 웃었다.

“아니, 우린 도망 안 가. 당당하게 떠날 거야. 니들은, 니들 남자란 것들은 다 똑같아. 밖에서 일하는 게 벼슬인 양 여자가 집에서 아기 돌보는 걸 우습게 여기지. 네가 이렇게 잘 큰 것도 다 너를 헌신적으로 키워줬던 시터 여사들 덕분이야. 아마 네 어미는 너를 팽개치고 회장 무릎에 앉아서 아양 떨기 바빴을 테고. 마지막으로 아껴뒀던 큰 거 하나 터트려줄까? 네 아내 홍주희, 실은 내 딸이야.”

태주관의 눈이 휘둥그레졌다. 그는 자리에서 벌떡 일어나려고 했지만 다리에 힘이 풀렸는지 다시 주저 앉았다.

"그럴 리가……. 아내가 분명 친모는 죽었다고……."

"그러면 개도 나를 닮아서 거짓말을 잘하는 모양이네. 보시
다시피 나는 아주 잘 살아 있어. 삼십이 년 전에 전 남편에게
딸을 빼앗기고 피눈물을 흘렸지만 버티고 버텼더니 이렇게 좋
은 날도 보게 되네. 네가 날 고용한 덕분에 모녀상봉을 했어.
그 점만큼은 높이 사야겠어."

태주관은 약 기운이 도는지 비틀거리더니 소파 테이블로 털
썩 쓰러졌다. 찻잔이 바닥으로 굴러 떨어져 산산조각 났다.

"웁스. 저거 비싼 잔인데. 내 임금에서 제해. 아, 맞다, 나 벌
써 그만뒀지."

나는 키득거렸다. 곧이어 태주관의 머리채를 거칠게 잡아다
가 소파 테이블에 세게 박았다. 그의 몸 위에 양 다리를 벌리고
앉아 작고 예쁜 귀에 대고 소곤거렸다.

"자, 좀 늦긴 했지만 나를 장모님이라고 불러 봐."

"장, 장모 좋아하네. 웃, 웃기지…마. 쌍…년아……."

태주관이 중얼거리더니 고개를 아래로 떨궜다. 기절하듯 잠
들었다.

거실의 그늘에 숨어서 여차하면 나를 보호하기 위해 대기하
던 김 기사가 걸어나왔다. 우리는 다정하게 손을 잡고 살금살

금 거실을 걸어 엘리베이터를 타고 지하주차장으로 내려와 미리 렌트해 둔 차를 탔다. 김 기사가 힘차게 시동을 걸었다. 주차장을 나가자 백미러로 대저택의 모습이 보였다.

한때 나와 내 딸을 가뒀던 거대한 성이 점점 멀어지고 있었다.

8

우리가 제주에 온 지 몇 달이 흘렀다. 남자 없는 생활은 평화로웠다. 나, 딸, 손녀 이렇게 세 여자만 지내는 여유로운 일상이었다. 태화에서 챙겨온 막대한 위자료 덕분에 낭비만 하지 않으면 몇 십 년은 여유롭게 살고도 남았다. 우리는 제주도 중산간마을에 아담한 단독주택을 연세로 구했다. 야자수와 귤나무 몇 그루가 있는 아름다운 정원이 딸린 집이었다.

곧 우체국 사서함을 통해 이혼서류를 받았다. 우리가 요구한 대로 희연이의 양육권과 친권은 모두 딸에게 왔다. 협의이혼은 깔끔하게 마무리되었다.

태화의 태주관 사장이 두 번째 아내와 이혼했다는 뉴스가 공표되었다. 우리가 예상했던 대로 태주관과 심진아는 우리의 도둑질을 공개하는 것보다는 안전과 명예를 지키는 편을 선택했다. 살인 및 납치감금 등의 죄목이 알려져 감옥에 갈 위험을 무릅쓸 이유는 없었다. 광주댁은 해고당한 모양이었다. 억척스런 그녀는 금세 새 일자리를 얻었을 거라 생각한다.

김 기사와 헤어질 때는 아쉬운 마음이 들긴 했다. 십여 년만에 만난 괜찮은 남자였다. 하지만 딸과 헤어졌던 긴 세월을 생각하면 당분간 그애와 손녀에게 집중하고 싶었다. 그에게는 금괴 열 개를 이별선물로 주었다.

어느 날, 딸의 서재에 들어가 청소를 하다 보니 벚꽃나무 아래에서 우리 모녀가 찍은 사진 액자가 있었다. 옛 추억이 떠올라 미소하며 걸레로 표면을 닦다가 액자가 떨어져 유리가 깨졌다. 당황하며 유리조각을 빗자루로 치우고 혹시라도 아기가 다칠라 얼른 쓰레기통에 모아서 버렸다. 액자 틀에서 사진을 꺼내다 보니 열쇠 하나가 툭 떨어졌다. 놋쇠로 만든 고풍스러운 열쇠. 내가 알기로 딸은 집안에 금고를 지니고 있지 않았다. 이상했다.

한 번 꽂힌 게 있으면 의문이 풀릴 때까지 파고드는 내 성정 때문에 이대로 넘길 수 없었다. 딸이 손녀와 먼저 잠든 뒤 밤에 다시 서재로 갔다. 모든 책상 서랍에는 열쇠구멍이 없었고 따로 금고도 없었다. 그렇다면 책이었다. 나는 서가로 갔다. 서가에 꽂힌 낡고 오래된 영문 양장도서들 사이에 특이한 소설책이 있었다. 도스트예프스키의 《악령》으로 책 테두리가 놋쇠열쇠와 비슷한 빛바랜 청록색이었다. 책을 꺼냈다. 가벼웠다. 책을 흉내 낸 문서함이었다. 뒤집어 보니 책등 반대편에 열쇠구멍이 있었다. 놋쇠열쇠를 넣어 보니 딱 들어맞았다. 살짝 돌리니 끼릭 소리와 함께 문서함이 활짝 열렸다.

서류철이 있었다. 열어 보니 그 안에는 내가 PB 시절 표창장을 받는 기사, 내 계좌와 재산내역을 조사한 서류, 주민등록등본, 시터 이력서 그리고 내가 시터로 일하던 시절 고객의 아기를 데리고 유모차에 태워 산책가거나 장을 보는 모습이 찍힌 사진이 여러 장 들어 있었다. 딸은 꽤 오래 전부터 나를 추적해 온 듯했다. 탐정사무소 명함도 있었다. 그 명함 속 탐정의 이름은 김 기사의 이름과 같았다.

딸은 나를 만나기 전부터 내 존재를 알고 있었다.

나는 외우고 있는 익숙한 전화번호를 눌렀다.

"언니, 오랜만이에요. 잘 지냈어요? 다시 일하게요?" 인력 회사 황 매니저가 반가워하며 전화를 받았다.

"너, 한 마디도 거짓말 하지 말고 오직 진실만 말해."

나는 숨을 몰아쉬며 물었다.

"태화 막내아들 집에 면접 가던 날, 네가 그 사람들에게 나를 추천했던 게 사실이야? 아니지, 아니었지? 그 집에서 나를 원했던 사람이 누구야?"

"언니, 갑자기 그게 무슨 소리야?"

"됐고. 진실만 이야기 해."

"언니…….."

"누가 나를 추천했어?"

"실은……. 그 집 작은 사모님이 한이수 씨를 불러달라고 했어. 면접만 보게 해주면 나한테 따로 백만 원을 준다고 했어. 숨겨서 미안해, 언니. 언니한테도 백만 원을 준다고 했으니 누구도 손해 볼 건 없다고 생각했어. 기분 상했어?"

역시 그랬구나.

"언니? 언니? 언니…….."

황 매니저가 계속 나를 불렀지만 전화를 끊어버렸다.

나는 눈을 질끈 감았다.

딸은 산후우울증에 걸린 적이 없었다.

아마 단식으로 우울하고 초췌해 보이게 연출했을 것이다. 산후우울증에 걸린 척 남편과 시어머니를 속인 건 집안에 나를 불러들이기 위한 함정이었다. 인력 회사 황 매니저에게 뒷돈을 주고 처음부터 나를 시터로 고른 사람은 딸이었다. 모두가 잠든 새벽에 거실로 나와 협탁 위에 벚꽃철에 나와 찍은 사진액자를 올려두는 딸의 모습을 상상했다. 클로미펜도 속임수였을까?

딸은 탐정이었던 김 기사를 고용해서 나에 대해 조사했다. 김 기사에게 나와 연애하라고 지시한 사람도 아마 딸일 것이다. 딸은 우울증 환자를 연기하면서 안방에 갇혀서 은닉재산이 어디에 있는지 파악할 시간을 벌었다. 남편의 의심을 피해 안방에서 비밀통로를 찾고 또 찾았을 것이다. 복수의 여신은 내가 아니라 딸이었다.

아직 딸에게 말하지 않은 비밀이 하나 있다.

딸이 자신이 왜 자존감이 낮은지 모르겠다고 했을 때 나는 주춤했다. 그날이 떠올랐기 때문이었다.

주희의 돌 잔칫날, 나는 기진맥진해 있었다. 남편은 사업으로 바쁘다며 돌잔치 준비는 전혀 도와주지 않았다. 나는 예약한 부페에서 울고 있는 주희를 달래면서 아무리 기다려도 오지 않는 남편과 시집 식구들을 기다려야 했다. 그때 친정식구들과 친구들이 도와주지 않았다면 나는 아마 쓰러졌을 것이다. 시어머니와 시누이는 돌잔치에 한 시간 넘게 지각했다. 남편은 일하다가 거의 두 시간이 지나서 왔다. 그들이 지각하는 바람에 가족사진을 한참 기다려 찍어야 했다.

그 사이에 지쳐버린 주희가 돌 한복을 당장 벗기라고 울며불며 자지러져서 내복으로 갈아 입혔다가 사진을 촬영하기 직전에 다시 한복으로 갈아 입혔다. 돌 기념사진을 찍을 때 남편만 여유롭게 웃었다. 주희는 넋이 나갔고 나는 화장이 거의 지워진 채 억지 미소를 지었다. 그날 나는 손님들이 웃고 떠들고 술을 마시는 잔치 한 가운데를 한복 차림으로 계속 아기를 안고 다녔다.

그날 밤, 낯선 사람들을 하루종일 만나야 했던 주희가 힘들었는지 평소보다 더 보챘지만, 오랜만에 대학친구들과 술을 거나하게 마신 남편은 완전히 곯아떨어져 버렸다. 나는 파김치가 된 상태로 혼자서 딸을 돌봐야 했다. 주희는 자정이 넘어도 쉬지 않고 울어댔다. 이마를 짚어보니 열이 났다. 해열제를 먹였지만 열이 쉽게 떨어지지 않았다. 열을 떨어트리려고 아기 욕조에 미지근한 물을 얕게 받아 놓고 주희를 목욕시켰다. 몽롱했다. 아기를 목욕시키면서 나도 모르게 졸았다.

귀가 찢어질 것 같은 큰 비명소리에 깨어났다. 주희가 악을 쓰고 있었다. 놀라서 내려다보니 내가 양손으로 주희의 목을 힘껏 조르고 있었다. 아이는 처음에는 크게 울다가 숨이 막혔는지 곧이어 그르르륵 소리를 냈다. 목을 조른 시간이 몇 초였는지 전혀 기억이 나지 않았다. 조금만 더 조를까? 뇌에 산소 공급이 얼마나 오래 끊겨야 죽더라. 너만 죽으면 나는 마침내 자유로워질까? 죽어, 죽어, 죽어 버려. 내 인생을 망친 악마. 네가 태어나고 나에게는 단 하나도 좋은 일이라곤 없었어. 주희 얼굴이 점점 붉게 달아올랐다. 조금만 더, 잠깐이면 돼. 그때 아이 눈동자에 내 얼굴이 비쳤다. 손을 놓쳤다. 증오로 점철된 내 표정을 잊을 수 없다. 나는 괴물이었다. 아이는 내 손에서 풀려나자 미친 듯이 울어제꼈다. 나는 "미안해. 미안해. 엄마가 정말 미안해. 주희야." 중얼거리며 흐느껴 울었다.

남편은 거실 소파에 널브러진 채 여전히 죽은 듯이 잠들어 있었다. 나는 그날 주희를 품에 꼭 안고 잠이 들었다.

딸은 그때를 기억하고 있는 게 아닐까? 엄마가 자신을 죽이려 했던 때를.

다음날, 나는 집을 떠났다.

나는 딸을 사랑했다. 딸을 죽이고 싶지 않았다.

"난 지금 나가. 주희는 자. 시어머니라도 오시라고 해. 아니면 네가 보던지."

남편에게 전화해서 통보한 후 가장 작은 핸드백을 어깨에 메고 집 밖으로 걸어나왔다. 눈물 나게 화창한 사월 아침이었다. 봄바람에 벚꽃이 한 잎 한 잎 흩날렸다.

나는 은행에서 은퇴한 후 뒤늦게 딸에게 속죄하고 싶었다. 딸의 행방을 모르니 시터가 되어 낯선 아기들을 돌보며 참회하는 마음으로 살았다. 나에게 고객의 아기는 모두 주희였다. 아기가 나에게 안기면 주희가 안기는 기분이었다. 나는 널 죽이고 싶지 않았어. 내가 널 죽일 뻔한 게 전부 내 탓만은 아니야. 나는 아기에게 속삭이곤 했다. 언젠가 주희를 만난다면 꼭 직접 말해주고 싶었다. 엄마는 너를 살리고 싶어서 널 떠난 거야.

나는 거실로 나갔다.

딸이 나에게 외쳤다.

"희연이가 걸어요."

주희는 희연이에게 걸음마 연습을 시키고 있었다. 희연이는 비틀거리며 첫 걸음을 뗐다. 다치지 말라고 마루에 깔아둔 놀이방 매트 위에서 희연이는 더없이 신중한 표정으로 한 걸음 한 걸음 나를 향해 양팔을 활짝 벌리고 걸었다. 삼십이 년 전 내가 딸에게 걸음마 연습을 시켰을 때도 딸은 저렇게 양팔을 활짝 벌리고 아장아장 걸었다. 하지만 딸이 걸음마를 완벽하게 뗄 때까지 나는 그 애 곁에 있어주지 못했다. 성인이 된 뒤 딸은 엄마에게 버림받았다고 느꼈을 것이다. 나에게 복수하고 싶었을 것이다.

희연이가 내 품까지 걸어와서 안겼다. 딸은 환하게 웃으며 말했다. "엄마, 희연이가 해냈어요."

나는 미소로 화답했다.

딸의 복수는 이제부터 시작인지도 모른다.

Mother Murder Shock

마더 머더 쇼크

한새마

Mother 마더

나는 살인자다.

자동차 전면 유리창에 빨간 립스틱으로 휘갈겨 써놓은 글자가 제일 먼저 눈에 들어왔다.

나는 살인자다.

다음 문장을 읽고서 숨이 턱, 막혔다.

5개월 된 아들을 죽였다.
그래서 지금 자살하는 중이다.

무의식적으로 오른손을 치켜들었다. 손에는 '맥 루비우' 립스틱이 쥐어져 있었다. 아기 낳기 전까지 자주 바르고 다녔던 화장품 브랜드다. 나는 깜짝 놀라 립스틱을 떨어뜨렸다.

실내등이 켜져 있었다. 반면에 차창 밖은 어둠의 농담(濃淡)뿐이었다.

흙내와 물비린내가 코끝에서 감돌았다. 차체가 살짝 앞쪽으로 기울어지는 느낌이 들었다. 얼음장처럼 차가운 물이 발가락 사이로 스며들었다. 깜짝 놀라 무릎을 접어 가슴 가까이 끌어당겼다. 두 발은 맨발이었고 나는 파자마 차림이었다.

가속 페달 밑으로 더러운 흙탕물이 찰박거리고 있었다. 차 안으로 물이 새어 들어왔다. 다급히 전조등을 켰다. 전조등 불빛이 저수지 수면을 비췄다.

차가 가라앉고 있었다.

안전띠를 풀려고 보니, 버클 버튼에 무언가가 꽂혀 있었다. 송곳이었다. 버튼을 암만 눌러도 벨트가 풀리지 않는 원인이었다.

차를 물에 빠뜨리고 안전띠 버클까지 고장 낸 사람이 바로 나일까? 왜? 완벽하게 자살하려고?

조수석 시트에 빈 약봉지들이 널브러져 있었다. 커다란 종이 약 봉투에는 '행복한 정신의학과'라고 적혀 있었다. 빈 생수병도 보였다. 한꺼번에 너무 많은 약을 먹은 탓에 기억을 잃은 것일지도 몰랐다.

갑자기 양쪽 젖꼭지에 전류가 흐르는 듯 찌르르한 통증이 느껴졌다. 입고 있던 티셔츠의 가슴팍이 축축하게 젖어 들었다. 딱딱하게 굳은 가슴에서 모유가 나오고 있었다.

나는 몸을 획 돌려 뒷좌석을 살폈다. 남색 카시트가 비어 있었다. 팔을 뻗어 카시트를 만졌다. 카시트 안전띠에 헝겊으로 만든 치발기가 걸려 대롱거렸다. 내가 직접 거즈 천으로 손바느질해서 만든 토끼 인형이다. 길고 새하얀 귀를 늘어뜨리고 있었다. 토끼 귀를 붙잡고 질경대고 있는 노아의 얼굴이 떠올랐다.

노아에 대한 마지막 기억이 눈앞에 스쳤다.

노아는 침대 위에 엎드린 채로 꼼짝하지 않았다. 듬성듬성한 머리칼이 땀에 젖어 뒤통수에 착 달라붙어 있었다. 엄마가 숨을 쉴 수 없게 뒤에서 목과 얼굴을 누르는데도 노아는 착해서 울지 않았다. 두 주먹으로 마지막 울음을 꽉 오므려 쥐고 있을 뿐이었다.

작디작은 어깨를 붙잡아 바로 눕혔다. 한쪽으로 눌린 코와 입에 흑갈색의 피가 말라붙어 있었다. 뱃속에서부터 울음이 치솟았다. 차갑고 딱딱해진 몸을 끌어안고 앞뒤로 흔들면서 나는 울부짖었다. 너무 화가 나서 노아를 도로 내려놓았다. 그리고는 두 손으로 내 뺨을 후려쳤다. 그걸로도 부족해 침대 프레임에 이마를 찧었다. 한 번, 두 번, 세 번 찧었다.

이제 막 떠오른 기억이 부정할 수 없을 만큼 실감 나서 나는 절망했다. 룸미러로 살펴보니 이마 한가운데에 주먹만 한 혹이 시퍼렇게 돋아 있었다. 두피 쪽에는 길게 찢어진 상처도 있었다.

내가, 내 새끼를, 노아를, 그렇게 만들었구나.

그러면 당연히, 죽어야지.

흐트러진 머리칼을 정돈하고 손으로 눈가를 쓸어내렸다. 두 발은 샘솟는 물에 담그고 두 손은 무릎 위에 가지런히 모아 바른 자세로 앉았다.

그런데 눈물을 훔친 손바닥이 쓰리고 아렸다. 나는 왼손을 펼쳐서 바라보았다.

믿지 마.

나오지도 않는 볼펜으로 긁어 써놓은 글자였다. 살갗이 벗겨지고 피가 맺혀 있었다. 무엇을 믿지 말라는 걸까. 앞유리창에 립스틱으로 적어놓은 글을 믿지 말라는 걸까. 내 기억을 믿지 말라는 걸까. 누구를 믿지 말라는 걸까.

흙물이 무릎 오금까지 차올랐다. 그러자 실내등과 전조등이 모두 꺼졌다. 차에서 전기가 나간 것이었다. 나는 비명을 질렀다. 어둠 속에서 느껴지는 공포는 또 다른 것이었다. 하지만 그와 동시에 이 짓을 꾸미려면 적어도 내가 노아를 낳고 산후우울증에 걸렸다는 걸 알고 있는 사람이어야 한다는 사실을 깨달았다. 정신을 바짝 차렸다. 더 고민해볼 시간을 벌려면 안전띠부터 벗어나야 했다. 안전띠를 천천히 잡아당겨 느슨하게 만들었다. 다리를 먼저 빼내면서 머릿속으로 명단을 후루룩 넘겨보았다.

5년 전에 캐나다로 이민 간 부모님.

10년 넘게 알고 지낸 필라테스 스승인 가희 언니.

사랑하는 남편이자 노아의 아빠 은오.

손자 사랑이 끔찍한 시어머니 정인.

이 중에서 미심쩍은 사람은 한 명도 없었다.

가희 언니가 운영하던 필라테스 요가 차이센터를 인수하면서 나는 10년 넘게 다녔던 교회를 센터와 가까운 곳으로 옮기게 되었다. 새로 옮긴 교회에서 나란히 앉게 된 걸 계기로 가까워진 사람이 정인이었다. 정인은 부모님을 따라가지 않고 한국에 혼자 남은 나를 친딸처럼 살뜰하게 챙겨 주었다. 나중에는 스타트업 사업체를 운영한다는 아들 은오를 소개해 주기도 했다.

예의상 나간 자리였는데 나는 은오에게 한눈에 빠져버렸다. 귀엽고 선한 얼굴에 반듯한 옷차림의 그가 마음에 쏙 들었다. 필라테스 강사라고 나를 소개하면 남자들 열에 아홉은 내 몸매를 쓱 훑어보곤 했다. 하지만 은오는 어린아이를 바라보듯 사랑스러운 눈빛으로 내 두 눈에서 눈을 떼지 않았다.

"왜 자꾸 쳐다봐요?"

내가 웃으며 물었다. 그러자 은오는 슬며시 미소지으며 대답했다.

"미간이 너무 예뻐서요. 제가 아는 사람 중에 미간이 제일 예쁜 사람이에요."

"그쪽도 잘 생겼는데요, 미간이."

"그럼요. 오백만 원 들었을 걸요."

"네? 정말요?"

나는 눈을 동그랗게 떴다.

"네, 여기 누르면 99.5MHz 라디오 교통방송도 나와요."

"구 버전이네요. 업그레이드 좀 해야겠어요."

"지금 혜서 씨 눈이 가운데로 다 모여 있는 거 알아요?"

순간 그의 얼굴을 너무 가까이에서 보고 있다는 걸 깨닫고 황급히 뒤로 물러섰다. 그와 함께 있으면 유쾌함이 내 안에서 팝콘처럼 튀어 올랐다.

우리 결혼에 한 가지 걸리는 게 있었다면 은오가 중학생일 때 이혼하고 딴 살림을 차렸다는 시아버지였다. 은오는 전혀 신경 쓰지 않아도 된다고 했다. 시아버지하고는 인연 끊은 지 십여 년이 지났으니 시어머니 둘 모실 일은 없다면서.

하지만 내 마음에 걸렸던 점은 다른 것이었다. 나중에 태어날 우리 아이에게 인자한 할아버지가 있었으면 했다.

결혼 전 정인의 집엘 방문한 적이 있었다. 작은 평수지만 고급스러운 빌라였다. 은오와 찍은 사진들이 거실장 안에 놓여 있었다. 이상하게 은오의 어린 시절 사진은 한 장도 없었다.

갓난쟁이를 안고 있는 정인과 병실 침대 옆에 서서 방금 막 태어난 동생을 쳐다보고 있는 은오, 두 사람을 찍은 사진이 눈에 띄었다. 어린 은오는 교복 차림이었다.

"은오 씨 동생이에요?"

내 질문에 정인은 쓸쓸하게 웃으며 대답했다.

"걔는 죽었단다. 태어난 지 며칠 안 돼서 죽었어. 은오가 중학교 2학년 때였지. 사망신고도 못 했어."

노아가 태어난 걸 안다면 시아버지가 얼마나 좋아하실까 하는 마음에 은오 몰래 그의 스마트폰에서 시아버지의 연락처를 알아내 내 폰에 저장해 놓았다. 노아를 낳고 산후우울증에 걸리지만 않았어도 시아버지께 연락했을 것이었다.

시아버지는 노아의 출생조차 모르고 있을 터였다. 그렇다면 나와 노아를 알고 있으면서 이 일을 꾸밀 수 있는 사람은 한 명밖에 남지 않는다.

베이비시터, 이나.

차체가 앞으로 기울면서 안전띠가 조여와 상체를 빼내기 쉽지 않았다. 우울증약 복용 후 체중이 10kg이나 빠져 그나마 쉽게 안전띠에서 벗어날 수 있었다. 나는 뒷좌석 쪽으로 자리를 옮겼다.

운전석 쪽 창문의 절반이 물속에 가라앉았다. 이제는 차 내부 틈마다 물이 새어들어 왔다. 시간이 얼마 남지 않았다.

이제 결정해야 했다. 내가 노아를 죽였는지, 안 죽였는지.

"난 은오만 장가가고 나면 유유자적 여행이나 다니면서 남은 인생 즐기며 살래. 애 봐달라고 연락하지나 마."

시어머니 정인이 결혼 전부터 입에 달고 다녔던 말이었다. 그래서 그런지 결혼 6개월 만에 며느리가 임신하자 정인은 노발대발이었다.

"너넨 피임도 안 하니? 필라테스 센터는 어쩌려고? 인수한 지 1년도 안 돼서 다른 사람한테 넘길거야? 넌 애가 생각이 있는 거니, 없는 거니?"

그런데 은오가 뭐라고 설득했는지 며칠 만에 정인의 태도가 싹 바뀌었다. 산모에겐 이런 음식이 좋다, 이런 음악이 좋다 하며 이것저것 알려주곤 했다.

나는 8시간 진통 끝에 노아를 제왕절개로 낳았다. 자연분만을 고집했지만, 산도가 너무 좁아 결국엔 수술을 선택할 수밖에 없었다. 누누이 자연분만의 중요성을 강요했던 정인은 실망

한 기색을 숨기지 못했다. 그 대신 모유 수유만큼은 12개월 동안 해야 한다며 신신당부를 했다.

코로나 19 때문에 조리원에 들어가지 말고 집에서 산후조리를 하기로 했다. 친정 부모님은 세계적인 팬데믹 상황의 추이를 지켜보다가 한국으로 입국할 예정이었다. 그래서 정인과 산후조리사가 함께 나의 산후조리를 도와주기로 했다.

"나중에 자기 복직할 때 노아 봐달라고 말씀드리기도 편할 것 같긴 해. 그래도 자기가 조금이라도 불편하면 언제든지 나한테 말해. 나한테 VIP는 엄마도 아기도 아니고 바로 당신인 거 알지?"

은오의 말에 안심했다. 불편할 것이 빤했지만 중간에서 중재를 잘해줄 믿음직한 남편이 있어서 그 제안을 흔쾌히 받아들였다.

그런데 내가 퇴원한 지 이틀 만에 정인은 산후조리사를 잘랐다. 속싸개로 노아를 싸매면서 너무 거칠게 다룬다는 이유에서였다. 꿰매 놓은 아랫배가 너무 아파서 산후조리사를 파견한 업체에 항의 전화를 하고 싶지 않았다. 싸울 기운도 없었다. 시어머니인 정인하고 말하고 싶지도 않았다.

"유선염에 걸리지 않으려면 유두를 미지근한 물에 씻어야 해."

"젖이 잘 나오게 하려면 모유 수유하기 10분 전에 따뜻한 수건으로 마사지를 해야 한다."

"그렇게 허리를 굽히고 젖을 주면 젖이 처진다."

"유두가 찢어졌다고 스테로이드 연고를 바르면 어떡하니? 애가 먹으면 어쩌려고?"

모유 수유가 끝나면 시어머니는 나에게서 노아를 떼어갔다.

"너 눈 좀 붙이라고."

그러면서 내가 눈을 조금이라도 붙일라치면 정인은 내 이름을 불러댔다. 방 밖으로 나올 때까지 계속.

"노아 목욕 시키려니까 물 좀 받아라."

"목욕 다 시켰으니까 욕실 정리해라."

"여기, 노아 기저귀 갈았다. 똥 기저귀 치워라."

"노아 바지에 좀 묻었는데 삶기 전에 애벌빨래 해라."

정인이 미역국을 너무 많이 끓여 놓아서 먹어도 먹어도 끝이 없었다. 나중에는 미역국에 물려서 속이 울렁거릴 지경이었다. 배달 앱에서 먹고 싶은 걸 주문해서 먹었다가 한 며칠 정인의 잔소리를 들어야 했다.

"갓난쟁이 집엔 달걀도 굽으면 안 된다."

"엄마가 뭘 먹는지에 따라 모유 질이 달라지는데 넌 왜 매운 걸 먹으려고 하니?"

"네가 그런 걸 먹으니 애 얼굴에 아토피가 생겼잖니."

보름 만에 나는 두 손 두 발 다 들고 말았다. 거실에서 누가 날 부르기만 해도 숨을 제대로 쉴 수 없었다. 그래서 이제는 그만 집으로 돌아가 달라고 정인에게 말했다. 지금까지 한 번도 나에게 언성을 높였던 적 없던 은오가 이 일로 화를 냈다.

"왜 그러는 거야? 엄마가 중학교 선생님으로 오래 계셔서 말투가 기분 나쁘게 들렸을 수도 있어. 그래도 다 우리 노아를 위해서 하신 소리잖아? 엄마 말 중에 하나라도 틀린 거 있어?"

시어머니의 말이 틀렸다는 이야기가 아니었다. 내 마음을 제대로 설명할 길이 없어서 답답했다.

"그냥 내가 알아서 할 테니까 제발 나하고 노아 둘만 있게 해줘."

"자기 혼자 힘들어. 몇 달만 꾹 참고 엄마한테 그냥 도와달라고 하자."

"아니, 안 힘들어. 나 혼자 충분해."

하지만 그건 나의 오만이었다.

노아는 밤중에 한 번 깨면 서너 시간씩 자지러지게 울기 일쑤였다. 처음엔 은오도 나와 함께 노아를 재우기 위해 애썼다. 하지만 아침 일찍 출근하는 사람이다 보니 잠을 이기지 못했다.

나는 한밤중에 깨어 자지러지는 노아를 차에 태워 몇 시간 동안 드라이브를 했다. 차로 시 외곽을 돌고 돌다 시골의 시멘트 도로로 빠졌다. 그러다가 가뭄을 대비해 조성해 놓은 작은 저수지를 발견하여 잠시 차를 세웠다.

저수지에 드리운 달그림자를 바라보며 소리 죽여 울었다.

그때 내 울음소리 사이로 낯선 자의 속삭임이 섞였다.

"애를 죽여."

처음엔 잘못 들었다고 생각했다. 내비게이션이나 라디오에서 흘러나온 소리인 줄 알았다. 그러다 문득 오싹해져 나는 몸을 뒤로 돌려 노아를 확인했다.

"애를 죽여."

토끼 귀를 빨면서 잠들어 있던 노아가 깨서 칭얼거렸다. 환청은 노아의 울음소리에 파묻혔다.

얼른 차에서 내렸다. 뒷문을 열고 카시트에서 노아를 꺼내 안았다. 노아는 마치 불에 덴 듯 자지러지게 울어댔다. 인적이 드문 곳이라 울음소리는 쩌렁쩌렁하게 울렸다. 커다란 날벌레들이 노아를 향해 날아와 부닥쳤다. 나는 불빛을 등지고 반대 방향으로 걸었다. 우리 그림자가 어둠 속으로 완전히 파묻힐 때까지 걷고 또 걸었다. 한 손으론 노아의 목덜미를, 다른 손으론 엉덩이를 받쳐 들고 계속 흔들어 주었지만, 울음은 그치지 않았다.

울음소리에 젓가락으로 귓구멍을 쑤시는 것처럼 귓속이 아팠다. 아, 정말 듣기 싫다. 귀가 아프다. 귀가 너무 아프다. 제발 단 몇 초라도 조용히 있고 싶다.

그렇게 생각한 순간, 내 두 손이 노아를 꽉 움켜쥐고서 돌밭 위에 있는 힘껏 내동댕이치고 말았다. 끼악, 뽕망치 소리 같은 비명이 울린 후 사방이 고요해졌다. 해방감에 가슴이 벅차올랐다. 이렇게 쉬운 일이었다니, 미소를 지었다.

잠시 울음을 멈췄던 노아가 다시 자지러지기 시작했다. 돌밭 위에서가 아니라 내 품에서였다. 정신을 퍼뜩 차린 나는 안도하며 노아를 끌어안고 울었다. 혼자서 애를 잘 돌볼 수 있다고 자신했는데, 내 오만함 때문에 애가 죽을 뻔했다.

나는 정신과 상담을 받기 시작했고 회복하는 동안 노아를 돌봐줄 베이비시터를 고용하기로 했다. 필라테스 수강생이었던 이나는 유아교육학과를 졸업하고 강남의 내로라하는 놀이유치원에서 정교사로 일하다가 박사 과정 준비로 휴직 상태였다. 출산 전에 내가 특별히 부탁해서 노아 베이비시터로 '모셔온' 것이었다.

갑자기 차 안에 스마트폰 벨 소리가 울려 퍼져 화들짝 놀랐다. 스마트폰이 차 안에 있을 거라곤 생각지도 못했다. 어둠 속에서 차 안 여기저기를 더듬었다. 차가 앞쪽으로 기울어진 상태라 콘솔 박스와 글러브 박스까지 물에 잠겨 있었다.

스마트폰 불빛은 노아의 카시트 안에서 뿜어져 나왔다. 액정 화면에 '이유진 원장'이라는 이름이 떠 있었다. 행복한 정신의학과 원장이었다. 통화 버튼을 누르자마자 수화기 너머에서 이 원장이 소리쳤다.

"김혜서 씨, 당신 잘못이 아니에요." 잠깐의 침묵도 못 견디고 이 원장은 다급하게 말을 이었다. "30분 전쯤에 문자 받았는데 제가 이제 일어나서 늦게 봤어요."

폰 액정 화면에서 현재 시각을 확인했다.

〈11월 3일 05:10〉

"무슨 문자인데요?"

이 원장은 문자 내용에 대해선 일부러 대답을 피하는 것 같았다.

"119에 신고 했어요. 스마트폰 위치 추적해서 그쪽으로 찾아갈 거에요."

"이미 늦었어요."

"뭐가 이미 늦었어요? 지금 이렇게 전화를 받았잖아요. 그건 혜서 씨 잘못이 아니에요."

"그럼 누구 잘못인데요?"

"에스트로겐 수치가 출산 후에 급격히 떨어지면서 생긴 정신과적 응급 상황이에요. 다른 나라에선 산모들 정신건강도 관리해 주지만 우리나라에선 그저 개인의 문제로 치부하죠. 부재한 의료 시스템이 문제인 거에요. 그러니 자책하지 말고 얼른 마음을 바꿔요."

물이 배꼽까지 차올랐다. 온갖 영수증과 약 봉투와 쓰레기들이 물에 둥둥 떠다니는 게 스마트폰 불빛에 보였다.

"전 약 먹는데 왜 안 나았죠?"

"단약하지 말고 꾸준히 챙겨 먹었다면 좋아졌을 거예요."

"약 빠트린 적 없어요. 열 몇 개나 되는 걸 꾸역꾸역⋯⋯."

"몇 개요? 열 몇 개요? 전 그렇게 많이 처방하지 않아요. 아침, 점심, 저녁은 네 알, 잠자기 전에는 수면제까지 해서 다섯 알 정도인데⋯⋯."

나는 전화를 끊었다. 액정 화면에 불이 꺼지자 무시무시한 어둠이 밀려왔다. 놀라 스마트폰 버튼을 눌렀다. 구정물에 반쯤 잠긴 노아의 카시트가 보였다. 우울증약을 꼬박꼬박 챙겨주던 이나가 떠올랐다.

"넌 그렇게 침대에 푹 퍼져 있으면서 저런 베이비시터를 네 남편 옆에 두기 안 불안하니? 당장 잘라라."

정인은 이나를 자르라고 성화였다. 그즈음 나는 우울해서 침대 밖으로 한 발짝도 내디딜 수 없었다. 어떤 커다랗고 투명한 누름돌 같은 게 내 온몸을 짓누르고 있었다. 머리 하나 들어올릴 힘조차 없어 눈물을 닦지도 않고 계속 울었다.

어떤 날엔 옷 솔기들이 전부 면도날처럼 느껴져, 입고 있던 파자마를 찢어발기고 홀딱 벗은 채로 침실 안을 뱅글뱅글 돌기도 했다.

"애를 죽여, 죽여, 죽여, 죽여."

속삭임이 사방에서 들려왔다.

"싫어요, 싫어요. 그럴 수 없어요."

"그럼 네가 죽어, 죽어, 죽어, 죽어."

나는 귀를 막고 소릴 질렀다. 내 목소리로 속삭임을 덮어버리고 싶어서였다. 비명을 듣고 달려온 은오는 나를 꼭 안아주면서 아직 약을 먹은 지 얼마 되지 않아서 그런 거라며 같이 힘내자고 했다.

"자기, 나 버릴 거지?"

"아니, 절대로 버리지 않아. 곧 나아질 거야. 곁에서 지켜줄게."

상냥한 은오는 베이비시터가 늦게 퇴근하는 날이면 차로 태워다 주곤 했다.

현관 앞에서 두 사람이 마주 보고 서서 이야기를 나누고 있었다. 이나가 골반 위에 척 걸쳐 안고 있던 노아를 은오에게 건네주었다. 은오는 노아를 안고 이나에게 입을 맞췄다. 이나는 은오의 손을 잡고 아기방으로 앞장서서 걸어갔다. 은오는 이나의 손에 이끌려 방으로 들어갔다.

셋이 한 세트 같다.

스푼, 포크, 나이프, 한 세트.

"언니, 약 먹을 시간이에요."

"언제부터…… 네가 내 약을…… 너무……."

입술이 잘 떨어지지 않아 말들이 입안에서 맴돌았다. 눈썹산을 몇 번이고 치켜뜨는데도 눈앞이 빙글빙글 돌았다. 손바닥 위에 놓인 알약들이 다섯 개였다가 열다섯 개였다가 스물다섯 개였다가 다음 순간 사라졌다. 먹은 기억이 없는데 눈을 감았다 떴더니 이불 속에 들어가 있을 때도 있었다.

머릿속이 수십 수백 개의 거울 조각으로 만들어진 거울방이었다. 어떤 게 진짜인지 어떤 게 가짜인지 알 수가 없었다. 노아를 죽이는 끔찍한 환영도 계속되었다. 물을 가득 채운 욕조에 빠뜨리고 아파트 베란다 밖으로 던지고 목을 조르고 칼로 찌르고 베고…….

담배 냄새에 눈을 떴다. 누군가 내 침대 옆에 서서 담배를 피우고 있었다.

"누, 누구세요?"

목구멍이 찢어지게 아팠다. 나는 마른침을 자꾸 삼켰다. 새까만 정장 차림의 중절모가 침대 옆에 서서 나를 내려다보고 있었다.

"여기서 담배 피우면 안 돼요."

입술이 붙어 잘 떨어지지 않았다.

"불 나요."

남자는 담배를 입에 문 채로 말했다.

"아들을 죽여. 잘못 태어났어. 죽었다가 다시 태어나야 해. 안 그러면 네 아들도 너처럼 정신병에 걸릴 거야. 천문이 닫히면 영혼이 빠져나올 수 없게 돼. 그 전에 죽여야 해. 네 아들도 끝없이 고통받길 원하나?"

이상하게도 남자의 말이 전부 이해됐다. 그리고 남자의 말을 따라야 할 것 같았다.

나는 침대에서 벌떡 일어났다. 벽시계를 보니 오후 3시를 가리키고 있었다.

이상했다. 실내에 담배 연기가 가득했다. 남자가 숨어 있을 만한 곳을 뒤지고 다녔다. 안방 욕실 세면대에 누군가 담배꽁초를 비벼 꺼 놓았다. 필터에 장밋빛 립스틱 자국이 남아 있었다. 은오가 퇴근하고 집에 오면 보여주려고 담배꽁초를 휴지에 싸서 화장대 서랍 안에 집어넣었다.

은오의 입맞춤에 잠에서 깼다.

"화장대, 서랍에, 응? 응?"

은오는 내가 시키는 대로 화장대 서랍을 열어보았다.

"뭐가 있다고 그래? 아무것도 없는데?"

"담배."

"자기, 담배 피워?"

"아니, 어떤 남자가, 중절모 쓴 남자가 와서, 내 옆에서 담배를 피워서, 그래서 찾아보니까, 화장실에, 자기야, 내 말 믿지? 내 말 믿지?"

나는 갑자기 라마즈분만법으로 호흡을 끊어서 말하기 시작했다. 입을 오므렸다가 뱉어내고 다시 입을 오므렸다가 뱉어내야 모래알처럼 빠져나가는 생각을 잠시라도 붙잡을 수 있었다.

"당연하지. 당신 말 믿어."

"약이, 너무 많아, 이나가 약을, 언제부터, 너무 많아."

"약은 더 주고 싶어도 처방받은 약밖에 없어서 더 줄 수가 없어."

은오는 나를 꽉 끌어안았다.

"이나 내보낼까? 신경 많이 쓰이면 당장 내보낼게."

내가 은오에게 이나를 쫓아내라고 말을 했는지, 안 했는지 기억나지 않았다.

가슴께까지 차오른 물이 너무 차가워 심장이 멎을 것 같았다. 호흡이 가팔라졌다.

나에게 이런 짓을 한 게 이나일까? 왜? 나를 죽이고 내 자리를 차지하기 위해서? 이나보다 내가 한 짓인 게 더 말이 되지 않나? 그럼 손바닥에 새긴 글자는 뭐지? 과연 몇 초 안에 답을 구할 수나 있을까? 아니, 애초부터 질문 자체가 없었던 것은 아닐까?

　마지막으로 통화하고 싶은 사람이 있었다. 당연하게도 내 남자, 은오에게 전화를 걸었다. 통화연결음이 길게 이어졌다. 그동안 물이 턱 밑까지 차올랐다. 나는 왼손으로 차 문 위에 손잡이를 붙잡고 엉덩이를 들어 올렸다. 아침에 눈을 떴을 때 아내와 아들 둘 다 잃었다는 걸 알게 된 은오는 얼마나 비통할까.

　다음은 캐나다에 계신 부모님을 떠올렸다. 무슨 염치로 그분들에게 작별 인사를 할 수 있을까. 그래서 시어머니 정인에게 전화를 걸었다. 역시나 받지 않았다. 새벽 기도를 나가면 꼭 스마트폰을 진동으로 해놓는 분이니까.

　푸우, 푸우, 내쉬는 숨결에 물방울이 튀었다.

　'노아야, 미안해.

　엄마가 살인자라서.'

Murder 머더

"다리에 힘 빼세요."

의사가 스틱형 초음파 기구를 조심스레 움직이며 말했다.

아랫도리 위로 잔바람이 기어 다녔다. 찬 기운에 놀라 치모들이 오스스 일어났다.

나는 짐짓 벽에 걸린 모니터를 응시했다. 검은 화면에 나타난 자궁은 잿빛이었다. 산부인과 대기실에서 봤던 분홍색의 그것과 달랐다. 두 눈으로 잿더미 속에 있을 수정란을 집요하게 찾았다.

두어 달 동안 생리가 없었다. 속이 메스꺼워 헛구역질도 잦았다. 늘 피곤했고 깜빡깜빡 졸기 일쑤였다. 하지만 나는 중절 수술을 할까 말까 고민하지도 않았다. 박 사장의 아기니까. 강남의 수십 평대 브랜드 아파트까지 자신을 들어 안착시켜 줄

이카루스의 날개니까. 비록 박 사장은 유부남이지만 마누라하고 몇 년째 별거 중이고 슬하에 자식도 없었다.

"임신은 아니고요."

의사의 말에 나는 놀라 어깨를 살짝 들어 올렸다.

"네? 그럼?"

의사가 짐짓 목소리를 깔았다.

"움직이면 안 됩니다."

"상상임신이라고요?"

나는 아랑곳하지 않고 되물었다.

"네, 그런 것 같네요."

의사가 질 내에서 초음파 기구를 빼낸 후 라텍스 장갑을 벗었다. 나는 간호사의 도움으로 진료용 고무줄 치마를 내리고 바닥에 놓인 슬리퍼를 신었다.

옷을 갈아입고서 의사 맞은편에 앉는데, 컴퓨터 모니터 화면을 찬찬히 살펴보던 의사가 사뭇 심각한 표정으로 말했다.

"음, 이게 자궁점막하근종인데, 양성인지 악성인지 검사도 해야 하고, 이것만 봐도 크기가 꽤 크네요. 몇 개 더 있네요. 일단 MRI 찍어봐야 알겠죠?"

"혹시 수술받아야 해요?"

"검사해보면 알겠지만, 아직 비혼이고 하니 최대한 수술 부위도 작게……."

병원비 수납 직원이 호명할 때까지 나는 대기실에 앉아 기다리고 있었다. 대기실 곳곳에 만삭의 임산부들이 앉아 있었다. 남편과 동행한 이도 있었다.

이제 스물여섯인데 자궁에 문제가 생기다니, 비참했다. 시쳇말로 '취집'이 목표인데 난임이면서 가능할까, 아니면 난임이라서 더 유리할까.

가방 안에서 스마트폰 진동이 울려댔다. 꺼내 보니, 액정 화면에 박 사장의 느끼한 얼굴이 부르르 떨고 있었다. 돈 많은 남자는 왜 다들 유부남인지 모르겠다. SNS 다이렉트 메시지가 왔다.

- 자기야, 어디야? 산부인과야?

임신했다고 말했더니 박 사장이 애가 닳은 모양이었다. 답장하려고 손가락을 움직이는데 그새 박 사장의 다이렉트 메시지가 또 들어왔다.

- 자기야, 설마 낳으려는 건 아니지?

무슨 뜻으로 하는 소리지? 속에서 끓어오르는 걸 참았다. 어쨌든 임신하지 않은 게 사실이니까.

- 자기야, 나 사실 말 못 한 거 있다. 나 다둥이 아빠야. 애가 넷이야. 애라면 아주 지긋지긋해.

이 미친 유부남 새끼 때문에 일하던 유치원에 사직서까지 냈는데, 짜증이 솟구쳤다. 한 달 원비만 이백만 원인 놀이 유치원에서 돈 많은 싱글파파나 꼬셔볼까 해서 아득바득 다녔던 일터였다.

- 야! 낳기만 해봐! 너 때문에 이혼당하면 너한테 상간녀 소송할 거다!

개새끼.

"주이나님."

나도 모르게 스마트폰을 들고 자리에서 벌떡 일어났다. 가방이 무릎 아래로 떨어지면서 속에 있던 물건들이 와르르 쏟아졌다. 약국 종이봉투에 둘둘 싸인 임신 테스트기도 튀어 나왔다. 선명하게 두 줄로 그어진.

"어? 이나 아니니? 괜찮아?"

깜짝 놀라 쳐다보니, 지난달까지 몸매 관리 때문에 열심히 다녔던 필라테스 요가 차이센터 원장인 김혜서 쌤이 서 있었다.

"혜서 쌤? 여긴 어쩐 일로 왔어요?"

"으응, 임신 10주 차라서 1차 기형아 검사하러 왔어. 남편하고 같이."

혜서 쌤이 환하게 웃었다. 미소 끝에 결혼도 안 한 처녀는 여기 왜 왔을까, 하는 호기심이 걸렸다.

"아, 전 생리불순 때문에요."

그때, 혜서 쌤 남편이 바닥에 널브러져 있던 테스트기를 주워 나에게 건네주었다. 나는 귓바퀴까지 빨개지는 걸 느꼈다.

혜서 쌤 남편은 쌤보다 대여섯 살 정도 어려 보였다. 훤칠하게 큰 키에 명품 정장을 차려입은 모습이 아찔하게 매력 있었다. 몇몇 여자들이 쌤 남편을 흘깃거리며 소곤댔다. 혜서 쌤은 몸매만 날씬하지 얼굴은 평범하기 그지없었다. 두 사람이 어울리지 않는다는 걸 두 사람만 모르고 있는 것 같았다.

"김혜서 님, 3번 원장실로 들어가세요."

간호사의 부름에 혜서 쌤이 나에게 손을 흔들었다.

"그럼 센터에서 봐."

쌤 남편도 웃으며 가볍게 고개를 끄덕였다. 두 사람은 팔짱을 끼고 진료실 안으로 들어갔다.

나 따위는 관심도 없겠지. 지난달부터 센터에 나가지도 않고 있는데.

병원 주차장에서 혜서 쌤과 또 마주쳤다. 아니, 정확하게 얘기하자면 고급 외제차에 올라타는 혜서 쌤을 지켜본 것뿐이지만.

나는 그만두었던 필라테스 요가 차이센터에 다시 나가기 시작했다. 수강료가 일반 강의보다 훨씬 비싼 혜서 쌤 수업을 신청했다. 뱃속 아기가 좀 더 크면 수업을 진행할 수 없을 거라 하는데도 바락바락 우겨서 쌤과 일대일 수업을 진행했다.

수업 시간 내내 쌤에게 어필했다. 독서 지도 자격증, 스토리텔링 수학 지도 자격증, 심리 미술 그리기 자격증 등등 돈만 주면 딸 수 있는 거지만 수많은 협회 자격증을 소지하고 있다는 점과 유아교육학과 학사인 점과 강남의 내로라하는 놀이 유치원에서 교사로 일했던 점까지 줄줄이 읊어댔다. 대학원 입학을 준비 중인데 공부할 시간이 부족해서 결국 놀이 유치원을 그만두게 됐다는 이야기도 했다.

"솔직히 수강비 20만 원에 40시간 수강만 하면 다 따는 베이비시터 말고 저 같은 전문가를 고용하셔야죠, 안 그래요? 나중에 쌤 아기 낳으면 꼭 저 불러 주세요. 네?"

쌤 남편의 이름은 유은오였다.

"유은오 사장님 오셨습니까?"

저크시즈 팰리스 로비에서 안전요원과 실랑이하고 있던 나를 유은오 사장이 구해주었다.

"혜서 쌤이 절 불렀어요. 베이비시터로요. 오늘 집으로 오라고 해서 온 건데 아무리 벨을 눌러도 받질 않네요."

안전요원은 무턱대고 찾아오는 방문자를 많이 상대해봤다는 식으로 대번에 나를 내쳤다.

"사모님이 만나기 싫은가 보죠. 그냥 가세요."

"그럴 리가 없어요. 분명히 어제 통화했다고요."

"나중에 다시 오든가 해요."

때마침 유은오 사장이 로비로 들어오다가 실랑이를 벌이고 있던 나를 발견했다.

"아, 여기 이나 양은 우리 노아 봐주실 선생님입니다. 집사람이 또 낮잠을 자고 있나 보네요."

혜서 쌤 집은 어느 방향에서 사진을 찍어도 럭셔리 펜트하우스 샷이 될 만큼 고급스러운 인테리어로 꾸며져 있었다. 유은오 사장은 어디에 앉으라는 권유도 없이 나를 거실 한복판에 세워놓고 침실로 들어갔다. 나는 이때다 싶어서 셀카를 마구 찍어댔다. 그때 가사도우미 아줌마가 다이닝룸에서 나오다가 나를 보고선 혀를 끌끌 찼다.

"너 뭐 하는 앤데 남의 집 사진을 찍고 있니?"

가사도우미의 거만한 태도에 심사가 뒤틀렸다. 뭐라고 한마디 쏘아붙이려다가 첫날부터 그래선 안 되겠지 싶어 참았다.

"노아 베이비시터인데요."

"그 훤히 드러나 보이는 젖가슴으로 누굴 꼬시려고 왔니?"

"네?"

"헐렁한 니트 배꼽티에 스키니 청바지가 애 보는 복장이니?"

가사도우미 주제에 왜 시비냐고 따지려는데, 침실에서 유은오 사장이 혜서 쌤을 부축해 거실로 나왔다.

혜서 쌤은 아기 엄마치곤 너무 말라 있었다. 머리는 감지 않아 기름졌고 입가엔 침이 허옇게 말라붙어 있었다. 텅 빈 두 눈이 나를 알아보고는 반짝하고 빛났다. 유은오 사장은 혜서 쌤을 세상에서 가장 아름답지만 쉽게 부서지는 보물이라도 되는 듯 애지중지 다뤘다.

"졸려요?"

혜서 쌤이 고개를 끄덕이자 유은오 사장은 힘센 두 팔로 그녀를 번쩍 안아 올렸다.

"어머니, 노아 방으로 선생님 안내해 주실래요?"

가사도우미인 줄 알았던 중년 여성이 유은오 사장의 어머니였다니, 좀 전에 참지 못하고 땍땍거렸다면 큰일 낼 뻔했다며 나는 가슴을 쓸어내렸다. 병든 아내를 안아 침실로 옮기는 유은오 사장의 잘 빠진 뒷모습을 보며 내년엔 그의 품에 꼭 내가 안겨 있으리라 다짐했다. 그런 내 기대를 유 사장 어머니가 순식간에 깨버렸다.

"그만 껄떡대고 따라와."

유 사장 어머니에게 눈을 흘기다가 부잣집 아기방은 얼마나 이쁘게 꾸며져 있을까, 상상하며 뒤를 따랐다.

방문이 열리자 아무것도 없이 방 한가운데에 덩그러니 아기 침대만 놓여 있는 걸 보고 당황했다. 요새 아기방도 미니멀하게 꾸미는 게 유행인가, 의아스러웠다.

"가서 안아줘야지?"

나는 방으로 들어가 조심조심 아기 침대 위에 둘러쳐져 있는 캐노피를 걷었다. 그런데 그 안에 누워있어야 할 노아가 보이질 않았다. 파란색 속싸개에 싸여 있는 건 아기가 아니라 아기 인형이었다. 얼굴과 손발만 딱딱한 강화 실리콘으로 만들어졌고 몸통은 솜을 채워 넣은 헝겊으로 된 인형이었다.

"노, 노아는요?" 나도 모르게 말을 더듬었다.

유 사장 어머니는 어깨를 한껏 끌어올렸다가 한숨과 함께 떨어뜨렸다.

"우리 며느리가 죽였어."

"네?"

"우리 며느리가 젖 주다가 아기를 깔아뭉개서 죽였다고."

어떻게 저런 무참한 이야기를 아무렇지도 않게 할 수 있지? 혜서 쌤의 시어머니이자 노아의 친할머니면서. 그녀의 냉랭한 태도가 무섭게 느껴졌다.

노아가 백일도 지나지 않았을 때 벌어진 비극이라고 했다. 혜서 쌤이 모로 누워 노아에게 모유 수유를 하다가 깜빡 졸았는데 그만, 노아가 엄마 젖에 깔려 질식해 죽었다는 것이었다. 그 충격으로 혜서 쌤은 실성했고 지금까지 아들의 죽음을 받아들이지 못한다고 했다.

할 말을 찾지 못해 입만 벌리고 있었다. 유 사장 어머니는 아기 침대에서 인형을 들어 올려 품에 안았다. 그리고는 살아 있는 아기를 다루듯이 좌우로 살짝 흔들었다.

"미친년 장단에 안 맞춰주면 우리 아들이 죽겠다 해서 내가 이러고 있네. 그러니 너도 내일부터 배꼽 보이는 옷 말고 제대로 된 옷 갖춰 입고 와서 우리 노아 잘 보살펴 줘야 한다. 알겠지?"

웃어야 할지 울어야 할지 알 수가 없었다. 혜서 쌤한테 닥친 불행이 너무나 커서 동정심이 들 정도였다. 한편으론 젊고 돈 많은 유 사장을 대놓고 꼬실 수 있어서 기쁘기도 했다.

오전에 출근해서 아기 인형에게 두세 시간마다 젖병을 물리고 안아서 트림을 시켰다. 틈틈이 기저귀도 갈아주고 옷에 뭐라도 묻으면 바로바로 옷을 갈아입혔다. 오전엔 동화책을 읽어주고 오후엔 따듯한 물에 목욕을 시켰다. 유 사장 어머니도 수시로 집에 방문했고 혜서 쌤도 툭하면 온 집안을 돌아다녔기 때문에 인형을 함부로 대할 수 없었다. 중간중간 혜서 쌤 약도 챙겨 먹여야 해서 정말 눈코 뜰 새 없이 바빴다.

인형을 안아서 재울 즈음이면 유 사장이 일을 마치고 집으로 돌아왔다. 가끔 너무 늦게 퇴근한 날에는 나를 집까지 태워다 주기도 했다. 유명한 가게의 디저트를 사다 주거나 과일바구니를 안겨 줄 때도 있었다.

"수고하셨습니다. 이제 노아 저 주시고 퇴근하세요."

나는 인형을 유 사장에게 건넸다. 인형을 껴안으며 한쪽 볼을 갖다 대는 유 사장의 얼굴이 오늘따라 더 지쳐 보였다. 부유하고 상냥한 그에게도 사랑과 보살핌이 필요한 것이었다. 나도 모르게 그의 입술에 내 입술을 가져다 댔다. 내 키스가 그를 조금이라도 위로해 줄 수 있다면…….

유 사장이 나를 확 밀쳤다. 그 바람에 나는 뒤로 엉덩방아를 찧었다. 그가 나를 노려보고 있었다. 잔뜩 일그러진 얼굴이었다. 인형으로 자기 입술을 닦으며 낮게 으르렁거렸다.

"한 번만 더 이런 짓 했다간 쫓겨날 줄 알아."

유 사장은 혼자 노아 방으로 걸어 들어가 버렸다.

다음 날 나는 실성한 혜서 쌤이나 밉상인 유 사장 어머니에게 그만두겠다고 말할 작정이었다. 유 사장은 아내를 너무 사랑하고 있었고, 그런 그를 내 것으로 만들 수 없다면 이런 미친 짓을 하고 있을 필요가 없었다.

그만두겠다고 혜서 쌤에게 말하려고 침실로 들어갔다. 팔자 좋은 이 여자는 침대에 누워 헛소리를 지껄이고 있었다. 내가 약을 꼬박꼬박 챙겨 먹이는데도 좋아질 기미가 보이지 않았다. 원래 정신병이란 게 쉽게 낫는 병은 아닌가 보았다.

그때 갑자기 인터폰 벨 소리가 울려 퍼졌다. 혹시나 잠든 혜서 쌤이 깰까 봐 나는 얼른 인터폰 쪽으로 뛰어갔다.

비디오 화면 속에는 넙데데하고 느끼한 얼굴의 남자가 서 있었다.

"주이나, 주이나, 너 거기 있는 거 다 알아!"

얼른 인터폰 통화 버튼을 눌렀다.

"박 사장님? 여긴 어떻게 알고 왔어요?"

"얼마 전에 로비에서 너 올라가는 거 보고 놀라서 몇 층 사는지 확인했지."

"아, 근데 무슨 일인데요?"

"무슨 일은! 네가 내 애 갖고 사라졌잖아!"

"그게 무슨 소리에요?"

나는 속으로 아차, 싶었다. 임신한 게 아니라고 박 사장에게 말해주지 않았던 것이었다.

"나중에 무슨 덤터기를 씌우려고?"

"미쳤어요? 그냥 꺼져요!"

"나보고 꺼지라고? 뻔뻔하게 우리 아파트 꼭대기 층을 렌트해 놓고 나보고 꺼지라고? 야, 당장 문 열어!"

계속 문 앞에서 소란을 피우게 놔둘 순 없어서 나는 소파 위에 인형을 내려놓고 직접 현관까지 나가서 문을 열었다.

"왜 그래요? 남의 집 앞에서!"

박 사장이 집 안으로 들어오자마자 내 몸 이곳저곳을 더듬으며 뭔가를 찾았다.

"어? 배는? 배가 쏙 들어갔네?"

나는 팔짱을 끼고 서서 박 사장을 한심하게 쳐다보다가 갑자기 놀려줄 생각이 들었다.

"조산했어요."

"뭐?"

"조산했다고요."

박 사장은 손가락을 꼽아가며 열심히 뭔가를 계산했다. 그러는 모습이 내 부아를 치밀어 오르게 했다.

"아들이에요. 지금 자고 있어요. 그러니 그만 돌아가 줄래요? 그리고 일부러 박 사장님 아파트 위층으로 이사 온 거 아니거든요. 여기 우리 엄마, 아빠 집이거든요. 곧 돌아오실 거니까 빨리 나가요."

"여기가 너네 부모님 집이라고? 그럴 리가 없는데. 이 집 주인 내가 아는데 여기 월세 주고 지금은 미국에서 지내는데?"

박 사장이 고개를 갸웃거렸다.

"왜요? 우리 엄마 아빠는 이런 집 월세도 못 살 거 같아요?"

박 사장이 나를 밀치며 집 안으로 들어왔다.

"아, 빨리 나가요!"

나는 박 사장을 두 손으로 밀어냈지만, 막무가내로 들어오는 힘을 당해낼 수 없었다.

"내 아들 얼굴이나 좀 보자."

박 사장이 온 집안을 헤집고 다녔다. 그러다가 거실 소파에 누워있는 아기 인형을 발견할까 봐 조마조마했다. 배냇저고리를 입고 속싸개에 싸여 있는 인형은 멀리서 보면 영락없는 신생아였다. 하지만 가까이서 보면 인형인 게 들통날 수밖에 없었다.

"나가요. 아, 나가라고!"

소파에 누워있는 인형을 발견한 박 사장이 부리나케 달려가 그걸 안아 올렸다.

"우쭈쭈, 내 새끼. 보자, 보자, 얼마나 잘생겼나……."

속싸개가 벗겨지고 머리칼 하나 없는 인형의 얼굴이 드러났다. 그러자 너무 놀란 박 사장은 인형을 바닥에 떨어뜨렸다.

"야, 소름 끼치게 이게 뭐야? 너 미쳤어?"

나는 땅바닥에 떨어져 있던 인형의 팔을 잡고 들어 올려서는 손으로 탁탁 먼지를 털어냈다.

"그냥 꺼져요. 확 신고하기 전에⋯⋯."

말을 다 이을 수가 없었다. 갑자기 뭔가가 와락 달려들었다. 나는 그 바람에 소파 위로 벌러덩 나자빠졌다. 눈을 떠 보니까 혜서 쌤이 억센 손아귀로 내 목을 조르고 있었다. 기름진 머리칼들 사이로 희번덕거리는 두 눈이 벌겋게 충혈되어 있었다. 비쩍 마른 병자라고는 믿어지지 않을 만큼 아귀힘이 셌다. 나는 혜서 쌤 손을 손톱으로 쥐어뜯고 주먹으로 두들겨댔다. 머리에 피가 쏠리고 목이 부러질 것 같았다.

그때 박 사장이 인형 다리를 붙잡고 힘껏 휘둘렀다. 강화 실리콘으로 만들어진, 묵직한 인형의 머리통이 혜서 쌤의 앞이마를 정통으로 강타했다. 퍽, 소리와 함께 혜서 쌤이 소파 밑으로 떨어졌다. 흥분한 박 사장이 소릴 꽥꽥 지르며 혜서 쌤에게 서너 번 더 린치를 가했다.

나는 목을 감싸 쥐고 일어나 한참 동안 콜록거렸다.

"이, 이 미친년은 누구야?"

박 사장이 씩씩거렸다.

"누구긴 누구야? 네가 죽인 년이지."

Shock 쇼크

오늘은 피부과에서 스컬페라 시술을 받았다. 살짝 깊어진 팔자주름과 처진 눈꼬리에 콜라겐 성분을 주입하는 시술이었다. 필러와 다르게 피부 내부에 이물질을 삽입하는 게 아니라서 안전한 편이었다. 내친김에 얼굴 전체에 음파 충격파를 주어 붓기까지 뺐다.

피부과에서 시술을 마친 다음엔 홍삼 에센스 오일로 전신 마사지를 하는 에스테틱에 갔다. 홍삼까지 마시고 홍삼 오일로 마사지를 받으니 온몸의 피로와 독소가 빠져나가 몸속까지 건강해진 느낌이 들었다.

관리는 한 살이라도 어릴 때 해줘야 하는 거다.

에스테틱을 나온 뒤엔 개인병원 정신의학과에 진료를 받으러 갔다.

"사랑받고 싶어요."

은오는 나를 사랑한다. 나도 은오를 사랑한다. 그러므로 그와 함께 수십 년을 누리며 살아야 할 사람은 나다. 그의 아내가 아니라.

나는 손수건으로 눈가를 찍어가며 울었다. 그러면 남자 의사들 열에 아홉은 다 넘어오게 되어 있었다. 그들은 자궁을 갖고 있지 않기 때문에 폐경의 상실감을 모른다. 모르니까 공감하지 못할 때도 많지만, 모르니까 쉽게 동조할 때도 있는 법이다.

"에스트로겐과 프로게스테론의 감소로 불면증과 우울감을 겪는 여성분들이 많습니다."

의사의 말에 나는 한 술 더 떴다.

"밤에 잠을 못 자요. 며칠째인지 몰라요. 너무 우울해서 손가락 하나 까딱할 힘이 없어요."

"수면제도 처방해 드리겠습니다."

약국에 들러 처방받은 약을 타서 은오와의 약속장소로 나갔다. 메뉴는 늘 은오가 정했다. 오늘은 간장게장 집이었다.

은오가 특히 좋아하기 때문에 예전에는 직접 담가 주기도 했었다.

살아 있는 게를 냉동실에 10분가량 넣어 잠시 기절시킨다. 생강, 마늘, 감초, 마른 홍고추 등을 넣어 끓였다가 식힌 간장

물을 냉동실에서 꺼낸 게에 붓는다. 하루 정도 재웠다가 게만 건져내고 다시 간장 물을 끓였다가 식힌다. 식힌 간장 물을 게 위에 부어 또 하루를 재운다. 이런 과정을 세 번 반복하면 간장 게장 완성이다.

하지만 언제부턴가 나는 간장게장을 먹지 않는다. 얕은 동면에서 깼을 때 자신의 온몸으로 침습하는 죽음을 떠올리면 몸서리가 쳐진다. 마치 산후우울증 같다.

간장게장을 먹지 않는 내 식성을 잘 알기에 은오는 일부러 이곳으로 약속을 잡았다. 그런 악취미를 가진 남자다. 물론 그의 식탐이 유별난 면도 없지 않다. 비린 것을 잘 먹고 날 것을 특히 좋아한다. 호전적이고 지배적인 성격 때문일 것이다.

간장게장 정식이 나왔다. 나는 앞접시에 실한 암게의 속살과 알을 발라 담아주었다. 은오는 반달 눈을 만들며 웃었다. 그의 미소에 나는 오싹해졌다. 곰돌이 인형 속에서 째깍거리는 시한폭탄 소리를 들을 수 있는 사람은 그의 주변에서 아마 나밖에 없을 것이다.

얼마 전에 은오에게 두들겨 맞았던 게 떠올랐다.

남해 어딘가의 호텔이었고 우리는 와인을 마셨다.

"왜 빨리 안 헤어지는 건데?"

은오가 이번 여자하고 빨리 헤어지지 않아서 나는 조금 심통 난 상태였다.

"내 맘이지."

그는 씽긋 웃었다. 눈꼬리가 처지면서 예쁜 반달눈이 되었다.

"빨리 헤어져."

"곧 헤어질 거야."

"그럴 거면서 애는 왜 낳은 거야?"

"술김에 실수한 거 가지고 계속 사람 이렇게 들들 볶을 거야?"

"어쩔 수 없는 결혼이라며? 근데 즐기고 있잖아?"

은오가 와인 잔을 벽에 집어 던졌다. 사방으로 붉은 얼룩이 튀었다.

"바가지 그만 긁어. 아주 지겨워 죽겠어."

은오는 와인 병을 방바닥에 패대기치고도 부족해 식탁 주변을 서성거렸다.

"누군들 이렇게 살고 싶어서 사는 줄 알아? 엉?"

그가 걷잡을 수 없이 끓어오르는 걸 나는 가만히 쳐다보고 있었다. 무서워하지 않는 것이 그를 향한 나의 조롱이자 멸시였다. 발목에 쇠사슬을 묶어 키운 코끼리가 집채만큼 커졌다고 무서워하면 코끼리한테 밟혀 죽는 법이니까. 그래서 뺨을 얻어맞아도 입을 앙다물고 앉아 있었다.

약이 오를 대로 오른 은오는 내 머리끄덩이를 잡고 침실로 질질 끌고 갔다. 흰 나이트가운이 방바닥을 쓸었다. 발버둥을 치다 깨진 유리 조각에 베여 맨발이 피로 물들었다.

방문이 닫히자마자 그의 발길질이 시작됐다. 배가 먼저였고 다음이 가슴이었다. 복통이 너무 극심해 두 손으로 배를 움켜쥐느라 그의 발이 얼굴로 날아오는 걸 못 봤다. 나는 무지막지한 발길질을 정통으로 얼굴에 얻어맞고서 정신을 잃었다.

눈을 떴을 때 은오가 나를 근심 어린 표정으로 내려다보고 있었다. 적어도 그렇다고 생각했다. 짧은 안도의 순간, 그의 주먹이 허공을 가로질렀다.

"에이씨, 얼굴은 그만."

은오는 주먹을 거둬들였다. 대신에 내 얼굴에 침을 뱉었다. 다음 날이 되어도 그는 나를 아프게 한 것에 미안해하지 않았다.

우리 관계는 한 바구니 속에 들어 있는 썩은 사과다. 서로 맞대고 있는 부분부터 곪고 썩는.

"이번 약이 마지막이면 좋겠어."

"아마 그렇게 될 거야."

은오는 한 번 더 예쁜 눈매를 만들며 웃었다. 나는 등줄기에 선득한 기운이 핥고 내려가는 걸 느꼈다.

거실에 혜서가 머리에 피를 흘리고 쓰러져 있었다.

"이게 뭐야? 죽은 거야? 전에 분명히 손에 피 묻히는 건 싫다고 말했잖아."

내 말에 은오가 언성을 높였다.

"내가 죽이기라도 했다는 거야?"

나는 두 손으로 입을 가리며 벌벌 떨었다.

"가서 죽었나 살았나, 어떻게 좀 확인해봐."

은오가 혜서에게 다가가 목 경동맥을 짚었다.

"죽었어."

"확실해?"

은오는 머리칼을 헝클어트리며 짜증을 부렸다.

"아, 몰라, 몰라, 몰라."

그때 혜서의 입에서 얕은 신음소리가 새어 나왔다. 나는 얼른 스마트폰을 찾으려고 가방을 뒤졌다.

"뭐하려고?"

"119 불러야지."

은오가 떨고 있는 내 손을 붙잡았다.

"미쳤어? 우리 둘 다 감방 가야 정신 차리겠어?"

"우울증약 많이 먹였다고 잡혀가? 마약도 아닌데."

"정신과 약 중엔 향정신성 의약품도 많아. 그리고 그동안 한 짓이 있잖아? 재작년에 작업했던 것까지 들통나면 어떡할 거야?"

재작년에는 내가 위장 결혼을 했다. 멍하게 서 있는 내 어깨를 은오가 꽉 붙잡고 흔들었다.

"우린 죄인이야. 알잖아?"

"그럼 어떡하자는 거야?"

"계획대로 진행하자."

계획대로라면 혜서가 자살하도록 판을 꾸며주는 것이다.

혜서의 자동차 트렁크 안에 커다란 여행 가방을 실었다. 여행 가방 속에는 혜서가 들어 있었다.

나는 혜서의 것과 비슷한 디자인의 파자마를 입고 운전석에 앉았다. 은오는 뒷좌석 밑에 납작 엎드려 있었다. 내비게이션으로 미리 알아놓았던 저수지를 향해 운전해 갔다. 한밤의 운전은 미숙해서 바짝 긴장했다. 솟구치는 아드레날린 때문에 턱이 딱딱 맞부딪혔다.

저수지에 도착했다. 혜서가 평소 즐겨 바르던 립스틱을 꺼내 자동차 앞유리창에 글자를 썼다. 물에 지워지지 않는 워터프루프 립스틱이라서 나중에 차를 저수지 밖으로 끌어낸 뒤에도 글자는 남아 있을 거였다.

나는 살인자다.

5개월 된 아들을 죽였다.

그래서 지금 자살하는 중이다.

혜서가 도중에 깨어날 수도 있으니 안전띠를 고장 내자고 말한 사람은 은오였다. 혜서를 여행 가방에서 꺼낼 때 보니까 볼펜과 각종 영수증과 송곳이 가방 안에서 굴러다니고 있었다. 은오는 거기서 송곳을 꺼내 안전띠 버클 버튼에 깊숙이 꽂아 넣었다.

조수석에는 우울증약 봉투를 놓아두었다. 정신과 의사에게 자살을 암시하는 문자를 보낸 다음 스마트폰은 아기 카시트 안에 숨겨두었다. 이 모든 작업은 나중에 차가 발견됐을 때를 위해서였다. 경찰이 혜서의 죽음을 산후우울증으로 인한 자살 사건으로 종결해야 했다.

사실 혜서는 그동안 몇 번이나 자살을 시도했다. 그때마다 준비가 덜 되었다는 은오의 말에 그녀의 자살을 번번이 막아 왔다. 필라테스 요가 차이센터 보증금, 결혼 전에 살았던 아파트 매매금, 카드 대출금, 차 담보 대출금, 신용 대출금을 받아 내는 데에 시간이 걸렸다.

그리고 마지막은 사망 보험금이다. 물론 자살은 사망 보험금이 지급되지 않는다. 하지만 산후우울증 환자가 자살할 경우, 정신질환에 의한 자살이기 때문에 상해사망 보험금이 나온다.

원래 계획대로라면 혜서가 스스로 아파트에서 뛰어내릴 때까지 산후우울증으로 약해진 그녀를 밀어붙일 생각이었다.

우리는 홈 시스템 카메라로 혜서의 일거수일투족을 감시했다. 차에 달린 블랙박스로 밤마다 어딜 쏘다니는지도 알고 있었다. 세컨드 폰에 음성 알람을 맞춰놓고서 아기 카시트에 숨겨 놓았다.

"애를 죽여."

환청이라면 자신의 목소리나 아기 울음소리에 파묻히지 않는데 혜서는 눈치채지 못했다. 겁에 질려 비명을 질러대는 모습이 안쓰럽기까지 했다.

내가 갱년기 우울증인 척 거짓 연기로 처방받은 약까지 섞어 혜서에게 먹였다. 부작용으로 잠에서 못 깨는 시간이 늘어갔다. 기억장애, 환청, 환각 등에 시달렸다. 어쩌다 일어나 돌아다닐 땐 몸에 균형을 잃고 쓰러지기 일쑤였다.

혜서의 옷을 입고 혜서의 눈앞에서 나는 아기 인형을 죽이고 또 죽였다. 침대 옆쪽에 누워서 속삭였다.

"애를 죽여, 죽여, 죽여, 죽여."

그러면 혜서는 소릴 고래고래 질러댔다.

"싫어요. 싫어요. 그럴 수 없어요."

"그럼 네가 죽어, 죽어, 죽어, 죽어."

증인도 필요했다. 그래서 베이비시터로 이나를 고용했다. 다 잘 되어 가고 있었는데, 갑자기 일이 더럽게 꼬였다.

차가 검은 물속으로 가라앉고 있었다.

"담배 갖고 왔어?"

"갖고 왔지. 폰은 놔두고 왔지만."

경찰에서 통신 기지국을 통해 우리를 추적할지도 몰라서 스마트폰은 집에 두고 왔다.

은오가 담배를 제 입에 물고 일회용 라이터 불을 댕겼다. 한모금 깊게 빨아들인 담배를 내 입에 물려주었다.

어둠 속에 담뱃불 두 개가 야행성 동물의 눈처럼 빛나고 있었다.

사람들은 모른다. 자신이 불과 몇만 원의 돈 때문에라도 살해당할 수 있다는 걸. 점당 십 원짜리 노름판에 칼부림이 나기도 하는데 하물며 십억이라면 어떻겠는가?

김혜서가 가진 모든 걸 털었더니 십억 조금 넘었다. 월 오백에 렌트한 아파트에서 내일모레 나갈 예정이었다. 집 안에 있는, 돈 될만한 것들을 전부 챙기고 있었다. 혜서의 반지나 목걸이 등속의 물건이었다.

은오가 소파에 아기 인형을 집어 던지고선 그걸 베고 벌러덩 누웠다. 그런 그를 흘겨보며 나는 투덜거렸다.

"왜 나만 맨날 짐 싸는 거야? 내일모레 집 비워줘야 하는데 짐 안싸?"

"아, 또 잔소리, 잔소리."

그때 현관 비밀번호 누르는 소리가 났다.

불길한 예감에 나는 움직이던 손을 멈추고 현관 쪽을 바라보았다. 은오도 자리에서 벌떡 일어나 앉았다.

현관문이 열리고 혜서가 멀쩡하게 살아서 걸어 들어왔다.

나는 두 눈을 동그랗게 치뜨며 은오와 혜서를 번갈아 보았다. 은오의 낯빛이 허옇게 변하고 있었다. 아주 잠깐 이게 현실인지 상상인지 헷갈렸다.

"자기야, 나 왔어."

혜서는 파란색 양말을 신은 아기를 아기 띠로 메고 있었다. 아기는 토끼 모양 치발기를 쥐고서 천진하게 졸고 있었다.

"노아도 같이 왔어. 어찌나 수다쟁이인지 종일 옹알옹알거리네. 자기야, 와서 봐봐. 우리 노아, 너무 귀엽지?"

자리에서 일어난 은오가 어색하게 웃으며 혜서에게 다가갔다.

"응? 으응, 귀엽네. 근데 어디서 데려온 아기야? 애 부모는 알아? 잘못하면 이거 납치야."

"네 새끼인데도 못 알아보는 거냐? 그런 핏덩이를 집 앞에 버려두고 갔으니 당연하지!"

혜서가 활짝 열어놓은 현관문에 초로의 남자가 서서 호통을 쳤다. 나도 아는 사람이었다. 은오 아버지였다. 은오가 수녀회에서 운영하는 아동 양육시설에 노아를 맡겼다고 말했는데, 거짓말이었다. 나는 배신감에 눈꼬리를 사납게 치떴다.

"시어머니 전화목록 바로 위에 시아버지가 있길래 전화 한번 걸어 봤어요. 근데 전화가 연결된 순간, 폰 반대편에서 아기가 울고 있는 거예요. 울음소리를 듣자마자 전 알 수 있었어요. 노아였어요. 노아는 살아 있었어요."

혜서가 노아의 숱 많은 곱슬머리에 입을 맞췄다.

"빨리 데려가요!"

은오 아버지의 호령에 사설 구급대원들이 구둣발로 집안에 쳐들어왔다. 나를 잡으러 온 건 줄 알고 나는 무서워 얼어붙었다. 여차하면 도망갈 심산으로 현관문 쪽을 살폈다. 그런데 그쪽에는 근무복 차림의 경찰과 사복형사들이 서 있었다.

"당신들, 왜, 왜 이래?"

구급대원들은 은오에게 덤벼들어 제압했다. 은오가 아무리 발버둥을 쳐도 장정 서넛을 당해낼 순 없었다. 내가 아닌 것에 마음속으로 감사했다.

"가족 중 두 명이 동의하면 정신병원에 강제 입원 되는 거 알지? 그동안 많은 사람들을 미치게 했으니까 알 거 아냐? 이번엔 네가 들어가 있어 봐. 혹시 알아? 저 여자하고 조금이라도 떨어져 있으면 제정신이 돌아올지도."

은오는 질질 끌려나가면서 발악했다.

"아버지, 김혜서 말 믿지 마세요. 쟨 미쳤단 말이에요."

은오 아버지가 나를 노려보며 언성을 높였다.

"네 녀석이 평생 이 여자한테 휘둘릴 줄 알았다면 십오 년 전에 널 정신병원에 처넣었을 거다."

사설 구급대원들에게 은오가 끌려나가는 걸 보고 나는 혜서의 금목걸이를 손에 움켜쥐면서 자리에서 일어났다.

"무사히 돌아와서 정말 다행이다. 그럼 난 이만 갈게."

"어머님, 어딜 가려고요? 여기 아버님하고 회포 안 풀고요?" 혜서가 이기죽거렸다.

경찰 공무원증을 목에 걸고 있는 남자들이 집안으로 들어와 내 앞을 가로막았다.

"뭔가 잘못 알고 왔나 본데, 난 죄지은 거 없어요. 돈도 전부 은오 통장에 있고 난 십 원짜리 하나 건드리지 않았어요."

혜서가 두 손으로 노아의 등을 토닥거려 주며 나지막한 목소리로 말했다.

"아버님께 들었어요. 두 사람, 친모자 관계 아니라면서요? 사제 관계라면서요? 은오 중학교 1학년 때부터였다던데. 당신, 소아성애자지?"

나는 고개를 가로저었다.

난 소아성애자가 아니다. 내가 소아성애자였다면 은오가 다 컸을 때 그를 버렸어야 마땅하다. 나는 은오를 사랑한다. 은오도 나를 사랑한다.

아무도 인정해 주지 않는 이 세상에서 우리 둘이 함께하기 위해선 이런 가짜 결혼이 필요했다.

"그 얘길 듣고 조사를 좀 해봤죠. 중학교 1학년 때면 은오

씨 생일이 12월이니 만13세 미만으로 아동 성폭력 특별법에 걸려요."

"십여 년 전 일이야. 공소시효가 지났다고." 나도 모르게 목소리에 쇳소리가 섞였다.

"아동 성폭력엔 공소시효가 없어요. 심지어 소급 적용도 되고요. 그리고 친고제도 아니고요."

나도 알고 있었다고 소리치고 싶었다. 그래서 이렇게 세상이 그어놓은 금을 따라 밟으며 아슬아슬하게 둘이서 도망 다니고 있는 거라고.

"우린 사랑하는 사이야. 그때부터 지금까지 계속."

"아동이 동의했다 하더라도 성폭력은 처벌받아요."

"우린 그때 플라토닉한 사이였어. 성폭력이라고? 가져다 댈 걸 가져다 대!"

큰소리를 쳤지만 내 귀에도 내 목소리가 공허하게 울렸다.

"어머님 집에 그 사진 말이에요. 어머님이 안고 있던 그 갓난쟁이, 사실은 은오 씨 동생 아니죠? 은오 씨 아기죠?"

다리가 휘청거렸다. 무릎에 힘을 꽉 주고 버텼다.

"뭐라고? 난 그때 이혼하기 전이었어. 남편도 있고 애도 있는, 번듯한 가정을 꾸리고 있을 때였다고."

"근데 왜 사망신고를 안 했어요? 사실은 못 한 거죠?"

"며칠 못 살다 죽었는데 무슨……."

산부인과에서 집으로 온 며칠 뒤부터 아기가 이상해졌다. 얼굴은 흑갈색으로 변했고 갑각류의 껍질같이 두껍고 단단한 각질이 온몸을 뒤덮기 시작했다.

"우리나라 법상으론 사망신고를 하려면 출생신고부터 하게 돼 있어요. 남편분 자식이었으면 출생신고를 할 수 있었겠죠. 근데 그 아기는 출생신고도 사망신고도 안 돼 있었어요."

"그, 그거야 며칠 만에……."

은오와 나의 사랑이 너무나도 죄스러웠기에 우리 아기는 괴물로 태어난 것이었다.

"어머님이 죽인 거 아니에요?"

"뭐라고? 아니야, 아니야!"

괴물로 변한 아기를 아이스박스에 담아 보일러실 한쪽 구석에 놓아두었다. 은오의 눈에는 아기의 진짜 얼굴이 보이지 않는지 며칠 동안 울면서 아기를 데려오라고 성화였다.

"아기 시체를 지금까지 집에서 보관하고 있는 거죠? 그럴 것 같아서 형사님들께 집 구석구석 뒤져보라고 부탁해 놨죠."

다시 가서 상자를 열어봤더니 아기는 너무나도 예쁜 얼굴로 죽어 있었다. 그제야 나는 깨닫게 되었다. 산후우울증에 걸려서 내가 환각과 환청에 사로잡혀 멀쩡한 아기를 죽였다는 걸.

부엌 쪽에서 이상한 소리가 났다. 바스락거리고 딱딱거리는 소리였다.

김치 냉장고 문이 열려 있었다. 그 안에서 수많은 꽃게들이 집게발에 붙은 살얼음을 털며 우루루 기어나왔다. 서로의 몸통을 짓이기고 타넘으며 천천히 행진했다. 꽃게 무리의 뒤를 쫓으려는 나를 형사가 붙잡았다.

　"당신을 지금 현 시각부로 아동 성폭력, 영아 살해 및 사체 손괴 등의 혐의로 체포합니다. 당신은 변호사를 선임할 수 있으며 변명의 기회가 있고……."

한밤의
아기 울음소리

김재희

강아정은 오늘도 강동서 여성청소년과 형사로서 당직을 서는 중이다. 간밤에 넷플릭스 드라마를 보느라 잠을 못자서, 조금은 퀭하니 피곤했다. 30대 초반의 여성 형사 드라마에 아정은 자신의 모습을 투영하면서 재미있게 보았다. 아정은 진술조서를 워드로 작성 중인데, 김 순경이 한 남성을 데리고 왔다.

　"형사님, 이 분이 범죄 피해 신고를 하시고 싶으시대요."

　순경이 민원실에서 데리고 온 남자는 한눈에 보기에도 키가 꽤 컸고, 목덜미에 가느다란 뱀 문신이 인상적이었다. 나이는 서른 중반은 넘어보였다. 얼굴은 잘생긴 편이지만, 눈빛이 조금은 쎄했다.

　"앉으시죠. 무슨 일이시죠?"

"아니, 글쎄 웬 또라이 같은 미친년이 나한테 칼을 휘두르지 뭡니까?"

남자는 가죽 점퍼 소매를 걷어서 팔에 맨 붕대를 보여주었다.

"응급실에 다녀오셨나요?"

"네, 씨발. 내가 다시는 그 소개팅 앱에서 사람을 만나나 봐라."

남자의 이름은 강무선이었다. 그는 이야기를 이어나갔다.

밤에 심심해서 앱으로 채팅을 하던 중에 한 여성이 말을 걸어와 이것저것 대화를 나누다가 만나게 되었다는 것이다.

앳되게 생긴, 미니스커트에 짧은 부츠를 신은 여성은 긴 머리에 사근사근하게 말하는 스타일이었다. 술자리도 이어지고, 좀더 긴한 이야기를 하다가 여성이 동의해서 근처 모텔에 들어갔다고 했다. 그런데, 그가 샤워 중일 때, 갑자기 여자가 커터칼 같은 걸 들고 들어와서 마구 휘두르고 찌르다 베였다는 것이다. 그는 소매를 걷어서 반창고를 붙인 팔을 보여주었다.

"그 여성 분의 이름이나 전화번호는 모르시나요?"

"그러니까 여기까지 와서 찾는 거지요. 내 참 내가 뭘 잘못했다고! 행여나 나중에 성폭행 등으로 무고하려는 건 아닌지 별별 생각을 다한다니까요. 별 이상한 일도 다 있네."

앱으로는 상대방의 신원 파악이 안 돼서, 조사를 하려면 시간이 오래 걸리는 일이었다. 아정은 차분하게 설명하고, 강무선에게 진술조서에 사인을 받으려는데 그가 한 마디 던졌다.

"근데 술자리에서 나한테 앵겨 붙으면서 아기 아빠가 되어 달라고 하는 거 아니겠습니까? 허참 완전 이상한 상태란 걸 그 때 알고 손절하고 갔어야 했는데. 얼굴은 서른은 안 되어 보이 는데 무슨 아기가 있다고. 하여간 잡아주세요. 형사님."

"네, 알겠습니다."

아정은 고개를 갸웃하면서, 이 사건을 조사하기 위해 그가 들렀다는 모텔을 알아봤다.

강동구 성나동 주민센터에서 사회복지사로 근무하는 서성 민은 아기 울음소리가 심하다는 민원이 자주 들리는 가구에 방문하기 위해 길을 나섰다. 그가 대학을 졸업하고 아동복지 센터나 구청에서 사회복지사로 근무하면서 위기가정을 지원 하는 일을 맡은 지 5년이 흘렀다. 미혼으로서 위기에 처한 가 정을, 폭력에 시달리는 여성을 도우면서 처음에는 힘들었지만, 차츰 어려운 사람을 도우면서 보람을 느끼기도 했다. 하지만 최근에는 민원인이 주민센터에 시너를 들고 와 불친절한 직원 들 혼내준다는 일도 있었고 차츰 행패를 부리는 특이한 민원 인 때문에 악몽도 꾸고 했었다.

그는 주민센터 지원 차량인 소형차에서 내려 아파트 단지로 들어갔다. 차에는 '찾아가는 동 주민센터'라고 자줏빛 글씨가 래핑이 되어 있다.

오래된 재건축 대상 아파트에서는 마당 곳곳에 방치된 자전

거나 쓰레기 등이 보였고, 하릴없이 앉아 있는 노인들도 입구에 여럿 보였다. 성민이 아는 분도 앉아 계셔 조심스레 인사하고 1단지 11동으로 향했다.

1009호, 15평형대의 작은 아파트 벨을 눌렀다.

딩동, 딩동.

아무도 나오지 않았다. 성민은 다시 벨을 눌렀다. 인기척이 없어 포스트잇에 전화번호와 함께 연락 달라는 메모를 남기고 돌아가려는데, 문이 천천히 열렸다. 문이 비스듬히 열리고 젊은 여성이 얼굴을 보였다. 여성은 화장을 하다 만 듯, 입술만이 타는 듯 붉었다. 그에 반해 피부는 하얗고 눈은 조금은 불안해 보였다.

"누구시죠?"

"저는 주민센터 복지과에 근무하는 서성민 사회복지사입니다."

"무, 무슨 일로……."

"잠시만 안에 들어가 말씀을 나누어도 될까요?"

사실 복지사들은 보통은 2인 1조로 다니면서 근무한다. 가정 방문 시 혹시나 모를 서로 간에 불편한 일을 피하려 하기 때문이다. 하지만 성민은 동료가 출산휴가를 얻어 당분간 홀로 다녔다. 웬만하면 밖에서 만나 일 처리를 하려 하지만, 이런 경우는 가정 방문으로 환경을 체크하는 게 기본이다.

"성함이 이해주 님 맞으시죠?"

"네"

성민은 자신의 복지사 자격증과 공무원증을 보여주고 안으로 들어갔다.

집안은 아기 물건으로 발 디딜 틈이 없었다. 아기 보행기, 장난감, 이불과 교구류 등이 마구 흩어져 있었다. 성민은 신발을 벗고 조심스레 들어가면서 천천히 물건들을 들어 정리하며 치워뒀다. 해주는 성민을 소파로 안내하고 걸치고 있던 남방의 단추를 단정하게 잠갔다. 그녀는 머리를 묶으면서 물 한 잔을 내왔다.

파리한 얼굴에 동동 뜬 붉은 립스틱, 그리고 짧은 반바지에 오버사이즈 남방의 그녀는 아기 엄마로 보기에는 무척 젊었다.

"식구가 따님 계시고 어머니가 있는데 그렇게 세 분이서 사시는 건가요?"

"엄마는 치매가 진행되어서 지금은 요양원에 계세요. 두 달 됐어요."

"그러시군요. 남편분은 어디 다른 데 계신가요?"

"해외 발령받아서 저 혼자 다연이 기르고 있어요. 사정 상 등본에서 뺐구요."

"네, 그러시군요. 등본 상 남편분이 거주하지 않는 걸로 나와 있어서 여쭤본 겁니다."

성민은 물이 담긴 컵이 지저분해 보여서 입을 대지 않았다.

"무슨 일 때문에……."

"저기, 아기가 밤에 많이 울어서 걱정된다는 분들이 계세요."

성민은 민원을 완곡히 돌려서 조심스레 말했다. 해주는 입술을 잘근잘근 깨물고 고개를 끄덕였다.

"아, 그거구나……."

"아기는 방에 있나요?"

"다연이요? 네, 자고 있어요."

성민은 해주가 앞장서는 대로 따라가 보니 안방에 아기 침대 안에서 새근새근 잠든 한 살도 안 된 아기를 볼 수 있었다. 아기방은 거실과 다르게 깨끗하게 아기 옷과 물품들이 정리돼 있었다.

"이리 와 보세요."

성민은 방을 나가려는데 해주가 소매 깃을 잡고 이끌자 하는 수 없이 아기 침대로 갔다.

뽀얀 얼굴의 아기가 숨을 내쉬면서 배냇짓 하듯 활짝 웃었다. 천진무구해 보였다.

"다연아, 손님이 찾아왔어."

성민은 낯설어 방을 나가려는데, 해주가 그의 손을 잡고 다연의 고사리손을 잡게 했다.

"예쁘네요."

"그렇죠. 아기들은 잘 때 완전 천사예요."

"저기, 오늘 제가 온 이유는 아기를 케어하시는 게 힘들면, 주민센터에서 도움을 줄 수 있다는 걸 알려드리려 왔습니다."

소파로 다시 돌아간 성민은 서류 가방에서 여러 지원 서류를 내밀었다.

'위기가정 서비스', '아기돌보미 파견 서비스' 등의 서류를 보던 해주는 그대로 한 번 보고 다시 내밀었다.

"결혼하셨나요?"

"네?"

"궁금해서요. 우리 다연이처럼 예쁜 아기가 있는지요."

"아직 안 했습니다."

해주는 얼굴에 미소를 띠었다.

"분명히 좋은 아빠가 될 것 같아서 물어봤어요."

성민은 헛기침을 했다.

"큼큼, 저 여기 서비스를 신청하시면 가정에 베이비시터가 와서 돌봐드리고, 구청 어린이집도 우선적으로 배정받을 수 있게 해 드립니다."

"내 손으로 키우는 게 안심돼요. 저 좀 도와주실래요? 제가 재활용 쓰레기 버리고 올 테니까, 다연이 자는 거 지켜봐주세요. 불안해서요."

성민이 망설이는데, 해주는 얼른 커다란 바구니에 각종 쓰레기들을 모아서, 담아가지고 나갔다.

성민은 하염없이 거실에서 기다리고 있다 아기가 앵, 소리를 내자 얼른 방으로 들어갔다. 다연이가 눈을 뜨고 손을 내밀어 허공을 휘저었다. 성민이 침대에 달린 모빌 태엽을 돌려주니 오르골 소리가 나면서 모빌이 빙그르르 돌았다. 다연이가 손을 휘젓다가 갑자기 애앵애앵 울었다. 성민은 어쩔 줄 몰랐지만 조카를 돌봐준 기억을 더듬어 아기를 천천히 안아올려 방을 서성였다. 아기 울음이 잦아들었다.

그때 방문 턱에 서 있던 해주와 눈이 마주쳤다. 해주는 눈에 미소를 담고 친절하게 말했다.

"아까 말한 서비스 신청할게요. 대신 조건이 있어요. 사회복지사님이 당분간 우리 집에 주기적으로 와 주실 수 있나요? 제가 낯선 사람이 오면 거부감이 들어서 베이비시터 오실 때도 같이 와주세요."

해주가 와서 다연을 안아 들고 소파로 같이 나갔다.

성민은 잠시 생각해보다 지원 서류에 사인을 받았다.

아정은 오후에 지난번 피해를 입은 강무선이 방문했던 모텔에 조사를 나갔다.

"안녕하세요? 강동서에서 나왔습니다."

모텔 카운터를 보고 있던 남자 직원이 긴장한 얼굴로 답했다.

"저희 업소 코로나 관련 지침 잘 지키고 방역 관리 잘 하고 있는데요."

"그게 아니라 여기 지난 7일 룸에서 피해를 입은 남성분이 신고를 해서 CCTV 좀 확인해 보려 합니다."

"영장 있고 그래야 하지 않나요?"

"좀 도와주십시오. 영장 청구하기엔 사건 피해가 아주 크지 않고 시일도 걸려서요. 좀 도와주세요."

남자는 어디론가 전화를 걸더니 답을 듣고는 끊었다.

"사장님이 보여드리라네요? 여기 근처 번화가가 있어서 어차피 남자 여자 성범죄나 무고죄 관련 사건들로 형사들이 하도 많이 방문해서 조사하는 통에 미치겠어요."

직원은 관리실로 안내해서 CCTV를 찾아서 보여주었다.

"그날 밤 11시에 객실로 들었다고 했으니까 그즈음 15분 전후로 보여주세요."

직원은 카운터에 달린 카메라 화면을 시간에 맞춰 찾아 보여주었다.

"그날 평일이어서 사람이 많지 않았거든요. 아, 혹시 이분들 아니에요?"

직원은 노인 커플이 카운터로 오는 영상에서 화면을 멈췄다.

"아닙니다. 나이는 30대구요. 남자분이. 그리고 여자는 더 젊다고 했습니다."

"그럼 이분들은요?"

아정은 직원이 멈춘 화면을 유심히 보았다. 캡모자에 선글라스에 마스크를 한 여자가 강무선에게 팔짱을 끼고 다정하게 키를 받아서 엘리베이터로 향했다. 복도 엘리베이터를 찾아보니 둘은 402호로 들어갔고, 1시간 후에 여자가 다급하게 밖으로 나갔고, 몇 분 후 강무선이 피투성이 팔을 붙잡고 복도를 두리번거리면서 여자를 찾는 시늉을 하면서 밖으로 나왔다.

여자는 모자에 마스크에 얼굴을 알아볼 수가 없었다. 다만 미니스커트나 크롭 점퍼가 나이 대가 20대 중후반은 아닐까 짐작되었다.

"이거 제 USB에 담아갈게요."

아정은 모텔을 나와서 차 운전석에 앉아 강무선에게 전화를 걸었다.

"안녕하세요. 엊그제 신고를 접수한 강아정 수사관입니다. 강무선 씨 되시죠?"

"네, 맞습니다만. 누구? 아차차 형사님."

"시간 되시면, 서에 나오셔서 모텔에서 확보한 영상 확인 좀 해주시죠."

"아, 그거 신고 접수 취하해 주세요. 미친개한테 물린 셈 치죠. 제가 요즘 공사다망해서 그런 전화 받을 새가 없어요! 서에 나갈 시간도 없구요. 부탁드립니다."

전화는 일방적으로 끊어졌다. 아정은 황당했지만, 이런 일들이 워낙 많아서 일단 수사를 보류하기로 했다.

성민은 아기돌보미 파견 서비스에서 추천한 베이비시터 장여사와 함께 해주의 아파트를 방문했다.

딩동, 벨을 누르자 기다리고 있던 듯, 해주가 얼른 문을 열어주었다. 지난번보다 화장도 연하게 하고 옷도 블라우스를 단정하게 입고 있었다.

집안도 쓰레기도 적고 깔끔하게 정리돼 있었다.

"아이구 예뻐라. 이름이 다연이라고 했죠? 다연아, 다연아. 저는 그냥 친정엄마처럼 편하게 대해 주세요."

"다연이 잘 부탁드립니다. 선생님."

"아구, 편하게 불러주세요. 다연이 엄마." 아기가 두 발을 뻗으면서 배냇짓으로 배시시 웃었다.

장 여사가 아기를 보고, 해주와 성민은 잠시 거실로 나와 상담을 가졌다.

"주민센터에서 지원하니, 비용은 부담되지 않는 선에서 다달이 지급하시면 됩니다."

"정말 고맙습니다, 복지사 선생님."

"보통은 주무관이라고도 많이 부르시는데 편하게 불러주세요."

"저 사실, 염려를 끼쳐 죄송했어요. 한밤에 아기가 열이 올라 울거나 하면 어쩌지 못하고 당황했거든요. 남편도 멀리 있고, 독박 육아를 하려니 너무 힘들어서요."

해주는 쑥스럽게 웃으면서 사과를 깎아서 건넸다.

"이해 됩니다. 이제, 장 선생님이 많이 도움 주실 겁니다. 경력이 많은 분이시거든요."

"네, 고맙습니다. 저기 제가 주무관님께 식사라도 대접하고 싶은데요."

성민은 단호히 말했다.

"아니오, 그러실 필요 없습니다. 저희가 하는 일인데요."

"그럼, 잠시만 기다려 보세요. 장 선생님과 여기 오신 첫날인데, 마침 이유식 만들다 남은 재료로 전복죽 끓였거든요. 맛만 보고 가세요."

해주는 부지런히 움직여서 전복죽을 내놓았고 성민과 장 여사는 맛있게 들었다.

일주일이 지난 밤, 성민은 전화를 받았다. 해주였다. 민원인들이자 주민센터 서비스 대상자 중에 지속적 관심이 필요한 분들은 이름을 저장해 놓기도 했었다.

"이해주 님, 여보세요."

"주, 주무관님! 큰일 났어요! 다연이가! 다연이가!"

"아, 해주 님. 무슨 일이죠?"

아기 울음소리가 크게 들렸다. 성민은 다급함에 몸을 일으켰다.

"제발 도와주세요. 다연이가 열이 많이 오르고 울음을 멈추지 않아요. 119에 신고도 했지만, 너무 무섭고 어디다 말할 데도 없어서요."

"제가 차를 몰고 그쪽으로 갈게요. 일단 119 구급차를 타고 병원 응급실에 가시고 나서, 어디로 갔는지 연락 주세요."

"네. 제, 제발 부탁드려요. 주무관님."

성민은 스포티 점퍼 하나만 가볍게 걸치고 얼른 차키를 들고 밖으로 나갔다. 중간에 톡이 왔는데 한일병원 응급실에 도착했다고 했다.

응급실에 들어가 의사와 이야기를 하는 해주를 찾았다. 다연은 링겔을 맞고 곤히 잠들어 있었다.

성민이 의사에게 가서 인사를 가볍게 하자 응급실 당직 의사가 물었다.

"아버님 되시나요?"

"아, 그, 그건……."

해주가 얼른 답했다.

"맞아요."

성민은 당황했지만 일단 가만히 있었다.

"아버님, 폐렴 기운이 있어 급하게 수액과 항생제 처치를 했습니다. 경과를 보시고 퇴원하면 됩니다."

"감사합니다, 선생님."

의사가 가자 해주가 해명했다.

"아이 아버지를 찾기에 멀리 있다고 하면 혹시 그럴까 봐서 일단 그랬어요. 죄송합니다, 주무관님. 번거롭게 해드려서요."

"아니에요, 다연이는 괜찮나요?"

"네, 다행히요. 정말 고마워요. 이 은혜를 어떻게……."

"아닙니다. 제가 할 일인데요."

성민은 손사래를 쳤다.

"기댈 데가 없어 막연했는데, 이렇게 도와주시니 너무 고맙습니다."

해주는 밝게 미소지으면서 다연의 손을 잡고 감사 인사를 연거푸 했다.

집으로 돌아온 성민은 사회복지사로 살아온 지난날을 더듬었다. 대학교 전공으로 공무원 시험에 합격 후, 복지 서비스를 하면서 보람을 느낀 건 사실이다. 하지만, 복지 서비스가 자기성에 차지 않는다고, 오물을 끼얹은 할아버지부터, 언어폭력을 일삼는 아주머니까지 참 힘들게 하는 민원인으로 고생할 때마다 후회가 밀려들었다.

박봉에 시도 때도 없는 민원인들의 폭언에 이 직업을 선택한 것에 회한이 많이 들었다. 하지만 이런 고마운 마음을 갖는 분들로 보람을 느끼는 것도 사실이다.

성민은 그날 기분 좋게 잠에 들었다.

이틀 후, 해주는 성민에게 집에 와 달라고 했다. 마침 그날은 서비스 대상자들을 찾아보는 날이라 흔쾌히 갔다. 해주가 저녁 시간이 낫다고 해서 퇴근 후 들러보기로 했다. 베이비시터도 오는 날이라 관리 차원에서 가기로 했다.

아파트에 도착해 벨을 누르자 해주의 톡이 왔다.

- 그냥 들어오셔도 돼요, 열려 있어요.

아파트에 발을 들이니, 어둑한 거실에 촛불이 켜 있다.

"이해주 님, 저 왔습니다. 어? 오늘 장 선생님 계시는 날 아닌가요?"

"오늘 일찍 가셔도 좋다고 했어요."

"아, 네."

갑자기 은은한 클래식 음악이 흘러나왔다. 성민이 당황하는데,

"주무관님, 너무 감사해서요."

해주의 목소리가 어둠 속에서 들리고, 잠시 은은한 조명이 들어오자 거실에는 풍선이, 부엌 식탁에 스테이크 등 요리들이 차려져 있고, 하얀 드레스를 입은 해주가 케이크를 들고 성민에게 천천히 다가왔다.

성민은 아차차, 뭔가 틀어졌다는 느낌이 들었다. 입술을 핑크빛으로 칠하고 머리를 잘 손질해 늘어뜨린 그녀는 볼에 홍조를 띠고 부끄럽게 다가와 성민의 손을 잡아끌어 식탁에 앉혔다.

“주무관님 페이스북에 보니 오늘이 생일로 되어 있어서요.”

“네?”

“오늘이 아닌가요?”

성민은 페이스북에 들어가지 않은 지 한참 되었고, 그 생일도 음력으로 적어놓은 거라 오늘이 아니었다.

“생일은 오늘이 아닙니다.”

해주는 부끄러워하면서 고개를 숙였다.

“미, 미안해요. 죄송합니다. 불편하게 해드려서요.”

“그건 아닌데, 좀 놀라서요.”

해주는 식탁 맞은편에 앉아 잔에 와인을 따라 성민에게 건넸다.

“저, 술은 근무 중에 마실 수 없습니다. 이만 일어나도 될까요?”

해주의 얼굴은 순식간에 난감한 얼굴이 되고 이내 풀 죽은 얼굴이 되었다. 잠시 침묵 후에, 나가려는 성민의 뒤에 해주는 나직하게 말했다.

“남편은 해외 발령받은 게 아니라 그냥 떠난 거예요. 부담이 된 거겠죠. 이 상황들이.”

성민이 멈칫 섰다.

“아이를 낳고 바로 산후우울증이 왔어요. 지금도 기분장애가 있고 의사 선생님 말씀이 경계성 장애가 있다네요. 다연이를 낳고 너무도 예뻤지만, 혼자서 기르는데 정말 하루에도 몇 번 베란다에 나가서 저 10층 아래로 떨어져 죽을까 고민 많이 했어요."

성민은 몸을 돌려 해주에게 천천히 다가갔다.

"지난번 처음으로 오셨을 때도 체념한 채로 집에 쓰레기를 방치하고 살았어요. 그리고 다연이가 밤에 울어도 돌보지도 않고 그대로 잤어요. 아니 자기는커녕 눈 뜨고 아이 울음소리를 들으면서 나도 죽어갔어요. 이렇게 힘들구나……, 아이를 혼자서 보는 게 이리도 힘들구나. 밖에 카페라도 나가서 다연이랑 기분 전환하려고 하면, 왜 그렇게 노 키즈 존은 많은 건지. 아무 데나 갈 수도 없고 가도 울까봐, 민폐를 끼칠까봐 겁이 나서 얼른 일어나 커피만 마시고 나와요. 그러다 더 이상 나 스스로가 겁나서 병원에 가서 약을 처방받아 복용하기도 했어요……. 말할 사람이 하루 한 명도 없어요."

성민은 묵묵히 들었다.

"하지만 지금은 달라요. 서성민 주무관님이 정기적으로 방문하고 나서 마음이 달라졌어요. 그런데 이제 혼자 서야 하는데, 주무관님이 안 오면 어쩌나 걱정해요. 안 올까 봐서 다시 쓰레기 방치하던 그 시절로 돌아가야 하나 그 생각도 해봐요."

성민은 해주에게 다가가 달랬다.

"정기적으로 치료를 받아야 합니다. 제가 지원서비스를 알아보고 가사를 도와주시는 분도……."

"그만둬요."

해주가 싸늘한 얼굴로 말했다.

"주무관님에게 저는 서비스 지원 대상자일 뿐이겠죠."

"……. 제가 어떻게 해드리면……."

"나가요, 이 집에서."

"네?"

"그리고 다시는 오지 말아요. 담당 복지사님 바꿔달라고 주민센터에 전화할게요."

"이해주 님, 그렇게까지……. 지금 안정화되는 기간이니 좀 더 세심하게 신경 쓰겠습니다."

이때 다연이 자지러지게 울었다. 해주는 꿈쩍도 하지 않았다. 성민이 방으로 들어가려 하니 해주가 앙칼지게 소리쳤다.

"들어가지 마! 당장 내 집에서 나가!"

"네? 아니, 다연이가."

"당장 나가라구!"

성민은 분노한 해주를 보고 허겁지겁 신발을 신고 밖으로 나왔다.

아기의 울음소리는 엘리베이터로 가는 성민의 귀에 계속 들렸다.

"응애 응애"

성민은 두 귀를 틀어막고 얼른 주차장으로 향했다. 다음날 구청의 복지과장이 주민센터로 전화해 성민을 찾았다.

"아니, 서 주무관님. 민원이 거세게 들어왔어요. 혼자서 민원인 분을 찾아가서 행패를 부렸다면서요?"

"네? 무슨 말씀이세요?"

"이해주 씨라고 지금 담당하시는 지원 대상자분이 민원을 구청까지 넣어 시끄럽습니다. 경찰에 신고한다나 어쩐다나 하는 걸 간신히 말렸어요. 왜 밤에 찾아가서 이런 일이 벌어지게 합니까? 당장 민원 취소 부탁드리세요. 정중하게 사과하시고요."

성민은 전화를 끊고 어이가 없었다. 물려도 한참 잘못 물렸다. 본인이 불러놓고 이상한 소리를 하다 이제는 도리어 행패를 부렸다고 민원을 넣었다니!

성민은 당장 주민센터장에게 가서 이해주 씨 담당 복지 일을 다른 공무원에게 넘기겠다고 했다. 센터장도 구청에 민원 접수된 일을 알고 있어 일단 알겠다고 했다.

성민은 망설이다 해주에게 전화를 걸었지만 받지 않았다.

다만, 문자가 왔다.

- 집에 와서 사과하면 받아줄 용의는 있어요.

성민은 소름이 끼쳤다. 아무래도 코가 잘못 꿰인 것 같았다. 하지만 민원 관련 불만 신고는 풀어야 했다. 이렇게 일방적으로 당할 수는 없었다.

문자를 남기려고 작성해봤다.

– 어제는 죄송했습니다.

이렇게 썼다가 얼른 지웠다. 이런 문자가 또 다른 증거로 나쁘게 쓰일지 모를 일이다.

– 일단 찾아뵙고 말씀드릴게요. 대신에 집 말고 근처 카페는 어떨까요?

문자를 보내자, 이따가 ○○카페로 저녁에 와달라는 문자와 위치 링크가 찍혔다.

성민은 망설이다 퇴근하고 가보기로 했다.

시간에 맞춰 카페로 가보니 해주가 단정한 원피스에 화장을 곱게 하고 나와 있었다. 머리도 손질했는지 자연스러웠다.

해주는 성민이 들어가자 일어나서 반갑게 맞았다. 성민은 기분이 나빴지만 억누르고 어떻게든 오해를 풀고 민원 불만 신고를 취소시키고 싶었다. 아니면, 민원이 잘 해결됐다는 연락을 그녀가 하길 바랐다.

"저, 혹시 제가 힘들게 해드린 점이 있다면 죄송했습니다."

성민이 정중하게 일어나 고개를 숙이고 사과를 했다. 하지만 해주는 도리어 방긋 웃으면서 앉으라고 했다.

"무슨 말씀을요. 그나저나 여기 크로플 맛있게 해요. 어떤 맛으로 드실래요? 바나나? 딸기 맛?"

성민은 화가 왈칵 치밀었다.

"저 진심입니다. 구청에 왜 민원을 그렇게 넣었는지 정말 속상하지만 그거 취소시켜 주세요. 그리고 이제는 담당 공무원 다른 분으로 배정받도록 하겠습니다."

해주의 표정이 싹 변하면서 절박한 얼굴이 됐다.

"바, 바꾸다뇨?"

"그걸 원하시는 거 아닙니까?"

"아, 아뇨. 전혀요. 그렇게 매정하게 가셔서 너무 화가 치밀어서 구청에도 민원을 넣었지만 전혀요. 이렇게 다시 우리 만났잖아요. 지금 다연이도 얼마나 주무관님 보고 싶어하는데요. 어서 저희 집에 빨리 방문해주시고……."

"우리는 서비스 지원 대상자와 담당 공무원으로 만난 공적인 관계이지 아무 사이도 아닙니다."

단호한 성민의 태도에 해주가 절절맸다.

"아니요. 저번에 다연이 아팠을 때 응급실도 와주시고 베이비시터도 좋은 분으로 보내주시고……. 그럴 리가요. 저, 전 우리가 좀더 특별한 사이라고 생각해요, 단순히 그런 공적인 의무만 있는 거 아니잖아요. 제발 우리 그런 사이 아니잖아요, 제발……."

"뭔가 오해가 있으신가 본데, 이렇게 나오시면 제가 불편합니다. 반드시 민원 없던 일로 취소해주시고, 그리고 먼저 부르셔서 가본 거고 저는 장 선생님 있는 줄 알고 간 겁니다. 아무 일도 없었고요. 정말 이러시면 저도 가만 안 있습니다."

해주는 나온 커피를 들이켜면서 속을 삭인 후 입을 열었다.

"죄, 죄송해요. 남편이 정말 저를 괴롭히고 폭력을 휘두르는 것도 모자라 다연이도 괴롭히려고 해서 제가 내보냈어요. 양육비도 안 보내서 됐다 인연 끊고 살자 하는데 가끔 나타나서 저와 다연이를 겁에 질리게 언어폭력도 행사해요. 그런 남자 제발 지긋지긋해서 다시는 남편 없이 우리 둘만 어떻게든 살아보려고 해도 불안해요……. 아이를 나 혼자 잘 기를 수 있을까, 산후우울증도 심하게 앓았고, 어떻게든 상담 치료를 받아서라도 나아지고 싶지만 초조하고 안정이 안 돼요. 그러다 주무관님을 만나서 마냥 기쁘고 좋은 마음에 이렇게……."

해주가 조용히 훌쩍였다. 성민은 마음이 안 좋았지만, 여기서 여지를 보이면 안 되겠어서 단호히 말했다.

"앞으로는 담당 주무관이 바뀔테니 절대로 저한테 연락하지 마십시오. 그리고 이런 것도 모두 그분에게 상담하십시오. 일어나겠습니다."

해주는 성민이 일어나 성큼성큼 걸어가자 앙칼지게 소리 질렀다.

"나 죽어요!"

카페 안 손님들이 쳐다봤다. 하지만 해주는 망설이지 않았다.

"오늘 이렇게 그냥 가시면 저 막 살 거예요! 아니 이렇게 나가면 저는 죽을 거라구요! 바로 죽을 거라구요!"

성민은 망설였다. 하지만 어떻게 할 수 없었다. 그대로 일어나서 문을 열고 나갔다.

뒤에서 흐흑, 하는 울음소리가 들렸다.

한편, 사무실에서 업무를 보던 아정은 문득 엄마를 떠올렸다. 벌써 몇 주씩이나 엄마가 보내는 문자에 답도 하지 않았다. 하도 연락을 안 해 살고 있는 오피스텔 관리인이 엄마의 부탁으로 찾아와 벨을 누른 적도 있었다.

엄마와의 사이가 왜 나쁠까? 딱히 고민을 해보지는 않았지만, 엄마를 불편해하는 마음이 없어진 적도 없었다.

다른 사람들은 엄마와 어떻게, 어떤 마음으로 사는 걸까?

아정이 경찰서 1층 로비에서 커피를 마시면서 잠시 쉬는데, 경찰서로 다급하게 들어오는 소년이 보였다. 고등학생 정도의 나이 대였다.

"저기, 누구 저 좀 도와주세요!"

아정은 벌떡 일어나 다가갔다.

"무슨 일이시죠?"

"저희 엄마가, 여기 저랑 같이 지나가는데, 갑자기 쓰러지셨어요."

"네? 어디 계시죠?"

아정은 당장 경찰서를 나가 골목길로 남학생과 함께 달려갔다. 중년 여성이 쓰러져 있고 아직 119 구급대는 오지 않은 상태였다.

학생은 엄마, 엄마 외쳤다.

아정은 얼른 위급한 환자 처치법대로 환자의 코에 손을 대보고 숨을 쉬는지 확인했다. 다행히 쉬고 있었다. 환자가 껴입은 재킷의 단추를 풀고, 블라우스도 목 부분을 풀어서 숨통이 트이게 했다. 허리 벨트도 풀어 느슨하게 했다.

"아주머니, 아주머니! 눈 떠보세요. 정신 차려 보세요."

"엄마! 일어나봐! 엄마! 구청서 서류 떼고 나오는데 갑자기 숨을 못 쉬겠다 하셨는데 그래도 걸어갔어요. 그런데 얼마 못 가서 이렇게 쓰러지셨어요."

"걱정 말아요. 신고한 지 몇 분 됐죠?"

이때, 저만치 119구급차가 경광등을 켜고 소리를 요란하게 내면서 달려왔다.

구급대원들이 환자를 싣고 떠나기 전에, 남학생이 아정의 손을 잡고 정말 감사하다고 연거푸 인사를 했다.

아정은 학생을 보면서 마음이 놓였다. 엄마를 잘 보살필 것 같았다.

경찰서 사무실로 돌아와 근무하는데 선배인 서 형사가 다가와 물었다.

"강 형사, 지난번에 모텔에서 왜, 칼에 찔린 남자 신고 접수한 적 있지?"

"네, 맞습니다. 선배님."

"어서 일어나. 모텔촌에서 비슷한 사건이 접수됐어. 이번엔 살인사건이야. 검시관들 나가 있으니까 시신 내가기 전에 다녀와."

"네, 알겠습니다."

모텔촌에 도착해서, 사건 현장으로 달려갔다. 과학수사팀이 먼저 도착해 모텔방 안의 지문을 감식하고 있었다. 아정은 과학수사팀이 내미는 덧신을 신발 위에 씌우고 현장으로 들어갔다.

DSLR 카메라로 사진을 찍으면서 시신을 살피던 여자 검시관이 아정을 아는 척했다.

"안녕하세요, 강 형사님."

"신고는 누가 한 거죠?"

"모텔 주인이 퇴실 시간이 지나도 나가지 않아서 들어와 봤는데, 이렇게 돼 있어서 신고했답니다."

30대 정도로 보이는 남자는 목에 깊이 5센티미터가 넘는 자상에 손바닥에 방어흔 자상이 몇 개 나 있었다.

"범행도구는 아마도 10센티미터 이상 되는 과도 같은데, 부검해봐야 알 거구요."

아정이 자상을 보다 질문했다.

"커터칼은 아닌가요?"

"글쎄요. 한번 부검하시는 선생님께 물어볼게요."

"비슷한 사건이 관내 접수된 적이 있어서요. 그 모텔도 여기서 옆에 옆에 건물이구요."

"담당 형사님들에게 얘기해 놓을게요."

아정은 남자의 복장을 살폈다. 티셔츠와 청바지 등의 옷을 입고 있는 채였고, 주변으로 피가 흘러내려 과학수사팀은 핏자국을 밟지 않도록 애쓰고 있었다.

강력팀장이 오자 아정이 물었다.

"팀장님, 안녕하세요. 여청과 강아정입니다."

"아, 알지. 여청과 관련된 일이 있나?"

"관내 접수된 사건 중에 유사 사건이 있어서요."

아정이 간단하게 설명하자, 강력팀장은 입꼬리를 굳게 하면서 뭔가 생각했다.

"복도나 카운터에 있던 CCTV가 고장나 있어. 일단 이 사망자 남자와 20대 정도의 여자가 룸을 빌려서 입실했고, 퇴실 시간이 지나서 가보니까 이래 돼 있어서 신고한 거지."

"주변을 살펴봐야겠군요."

"응. 영상 확보가 관건인데, 요즘 남녀 간 여러 문제들이 있어 아예 영상을 바로바로 지우는 데도 있고, 찍는 척 가짜 카메라만 돌리는 데도 있어. 우리 팀이 확보를 할 거니까 여청과는 따로 근처 가게들의 영상을 확보하도록. 협조 부탁해."

"네, 알겠습니다."

여청과에 성폭력 사건으로 접수돼 뒤늦게 모텔에 영상 확보하러 가면, 지우고 다시 녹화했다는 곳들이 많았다. 관련 사건에 얽히기 싫어서 일부러 녹화영상 위에 다시 새 영상을 입히는 것이다.

다음날, 아정은 살인사건이 난 모텔촌의 근처 편의점과 식당 등의 CCTV를 조사해서 강무선이 피해를 봤던 날과의 CCTV 화면과 비교해 면밀히 분석했다.

아정은 강무선이 사고당했던 날의 영상 속 여자와 비슷한 차림새의 여자를 발견했다. 20대 정도의 운동모자를 눌러쓰고, 크롭 점퍼와 청바지를 입은 여성이었다. 영상은 여자가 편의점에서 나오는 모습이었다.

아정은 놀라서 화면을 정지하고 스크린샷을 떠서 폰에 저장했다.

그리고 강무선에게 전화를 했다. 경찰서에 나와달라고 부탁했고, 그는 마지못해 근처라면서 잠시 들린다고 했다.

강무선은 잠시 후 경찰서에 방문해 사무실에서 아정과 마주 앉았다.

"이제 그만 좀 전화하십시오."

"지금, 선생님이 당한 사건과 비슷한 사건이 인근 모텔에서 일어났어요."

"네? 뭐라구요?"

"자세한 건 나중에 말씀드리겠지만 이번에는 살인사건입니다. 저희가 확인해야 해서요. 먼저 이 사진과 영상을 봐주시죠. 이건, 선생님과 같이 모텔에 들어가던 여성이고, 이건 비슷한 옷차림의 여성인데, 이번 살인사건 당일 모텔촌 근처 편의점에서 들어갔다 나오는 모습이 잡혔어요. 동일한 여성인지 확인을 해주세요."

강무선은 영상과 사진을 보고 고개를 저었다.

"이것만 봐서는 잘 모르죠. 내가 피해본 날도 밤에 한번 본 게 다인데, 마스크 쓰고 다니는데 누가 누군지 영 모르죠. 옷차림은 다 거기서 거기 아닙니까?"

"그래도 확인 부탁드립니다. 자세히 좀 보시죠."

"그게 저, 확실하게 모르겠다니까요. 이거 봐요."

강무선은 소매를 걷어 반창고를 뜯어내 보였다.

"별로 상처도 없어요. 그냥 스치듯 난 상처니까, 이제 그만 조사하시죠. 저는 그 살인사건인지 잘 모르고요. 정말 저는 이제 그만 부르시죠. 네?"

"그날 모텔방 안에서 있었던 일을 다시 한번 자세히 복기하시고 인상착의 기억나는 건 말씀해주시면 저희가 몽타쥬를 작성할 겁니다."

"이거 봐요! 형사님. 정말 난 기억도 잘 안 나고 상처도 거의 없으니 그만둔다니까요! 신고한 거 취소한다 하지 않았소?"

"선생님, 제발 도와주세요. 피해자가 더 나왔습니다. 방 안에서 있었던 일부터 자세히 말씀해 주시죠."

강무선은 화를 벌컥 냈다.

"아 그만 좀 귀찮게 하라니까요. 내 사실을 말씀드리죠. 글쎄, 그년이 가슴께에 젖이 흐르는 것처럼 윗도리 부분이 젖어 있어 기분이 안 좋아 물어봤거든요. 그러니까 아기가 있대요. 그래서 내 예전 여자친구도 들러붙으면서 양육비 달라고 그랬던 기억도 떠오르고 그냥 조용히 TV 보면서 이야기를 나누다 나가려고 샤워하는데 갑자기 칼 들고 설치면서 나 찌르고 도망치더라니깐요. 완전히 개또라이한테 물린 거니까 다시는 귀찮게 연락마십시오. 형사님."

강무선은 그렇게 말하고 일어나 경찰서를 나갔다.

아정은 고민했다. 강무선의 사건은 그냥 덮고 여기서 새롭게 사건 수사의 방향을 정할지 결정해야 했다.

아정은 결심했다. 분명히 뭔가 있다. 모텔촌 살인사건의 범인일지도 모른다. 관련자일수도 있다.

일단 그 여자를 만나 확인을 해야 한다. 아정은 다른 방향으로 수사 계획을 잡아봤다.

다음날, 아정은 운전해서 어디론가 향했다. 파란 불에서 멈추면서 잠시 생각에 잠겼다.

'왜 엄마를 미워하는 걸까.'

아정은 스스로 질문을 던진 적이 있었다. 그럴 때 이유는 잘 대답하지 못했다. 한편으로 엄마에 대한 모순감정이 있었다.

미워하면서도 그리운 마음.

아정은 엄마에 대한 마음이 뭔지 더듬다 과거의 기억이 떠올랐다. 1년 전 일이다.

자궁 내막에 용종이 생겨서 산부인과에 가서 자궁내시경으로 수술을 받았다. 수술을 받는다는 게 겁이 났지만 하혈을 심하게 해서 수술 날짜를 잡았다. 엄마에게도 말 안 하고, 수술 후 다음날 퇴원이라 해서 홀로 조용히 받으려 했다.

낙태를 하는 소파수술과 거의 비슷한 수술과정이었다. 자궁 안의 두꺼운 내막을 긁어내고 용종을 제거하는 수술이었다. 수술을 마치고 회복실에 누워 있는데 불현듯 눈물이 치솟아 올랐다.

아정은 엄마와 사이가 그다지 좋지 않았다. 늘 직장에 다니던 엄마는 아정이 혼자 밥 차려 먹으면 늦게 들어왔다. 그리고 밤마다 여기저기 다 아프다고 했다. 아빠는 기억도 안 나던 어린 시절에 일찍 돌아가시고, 엄마가 보험사를 다녀 아정을 키웠다.

조숙하고 공부를 곧잘 하던 아정은 일찍 철이 들었다. 아정은 내성적인 성격으로 조용히 학교를 다녔다. 곁을 주지 않고 오로지 일에 몰두하는 엄마가 야속했다. 엄마는 늦게 들어와 쌓인 설거지를 보면, 쯧쯧거리면서 조용히 치웠다.

학교 학부모 행사에도 거의 올 수 없던 엄마였고, 가끔은 보험사 간부나 고객들과 술을 마시고 불쾌해진 얼굴로 들어오기도 했다.

아정은 그런 엄마를 속으로 경멸했다. 남자들과 술 마셔야 하는 걸 고객 관리라 했지만 천한 행동이라 여겼다. 공부를 열심히 해서 저렇게 살지는 않을 거라고 결심했다.

스킨십이나 모녀간의 즐거운 대화는 거의 없었고, 엄마는 일에, 아정은 공부와 살림에 치이던 시절이었다. 아정은 집에 온 엄마가 브래지어를 풀고, 목 늘어난 티셔츠를 입고, 잠자리에 들려고 얼굴 클렌징을 할 때 문을 쾅 닫고 들어가 이어폰을 끼고 공부에 열중했다.

'저렇게 되지 말아야지. 난 사회에 당당한 사람이 되어야지. 보험 팔려고 고객에게 비위 맞추지 말아야지.'

아정은 그런 말을 입에 되뇌면서 인터넷 강의를 들었다.

10년이 지난 지금, 엄마는 보험 고객이었던 아저씨와 재혼해 지방에서 농사짓고 살고 계신다. 가끔 농산물이 배달되어 오지만 아정은 거의 먹지 않았다. 명절에도 당직을 일부러 잡아 잘 찾아뵙지 않았다. 엄마가 보낸 김치는 곰팡이가 피어 문드러지면 버렸다.

그렇게 소원한 사이인 엄마가 왜 작년 수술한 뒤부터 가끔 생각나고 눈물이 나는지 모를 일이었다.

'아, 엄마가 나를 낳고 이렇게 아프고 힘들었겠구나. 아무 일도 못하고 머리는 흐리멍덩해져서, 그저 진통제에 취해서 이렇게 누워 있었겠구나.'

아정이 수술을 받고 나서 안정을 취할 때, 엄마가 힘들었겠구나 싶어 처음으로 감정이입되어 진하게 느낀 경험이었다. 아정은 그 후 그 일을 잊었지만, 지금 아기 엄마라고 추정되는 누군가를 찾으려는 순간 그 생각이 강렬한 경험으로 떠올랐다.

'왜 그 여자는 젖이 흐르면서 다른 남자와 모텔에 가는 걸까. 혹은 남자의 말이 모두 거짓일까?'

아정은 수사 관련 생각을 거듭하다 다시 자신의 과거 기억을 떠올렸다.

용종 제거 수술 후에 네이버 지식인에 물으니 아기를 낳은 것처럼 산후조리를 하듯 푹 쉬지 않으면 힘들 거라고 했다. 소파수술은 그만큼 몸을 축나게 한다고 했다.

아정은 형사 업무를 소홀히 할 수 없어 1박 2일 만에 퇴원하고 근무를 했다. 처음에는 평소와 별 차이를 느끼지 못했지만, 날이 갈수록 더운 날에도 한기가 드는 등 컨디션 회복하는 게 힘들었었다.

엄마들은 출산 후에 참 힘들겠구나 느낀 강렬한 경험이었다.

성민은 해주와의 일로 직업적 회의가 들었다.

그는 자다가 새벽에 깼다.

자신이 사회복지사가 되게 만든 계기를 떠올렸다. 불교 경전에 나오는 눈먼 바다거북 설화에서 남을 돕고자 하는 마음이 생겼다.

눈이 안 보이는 바다거북이 바다에 떠올라 우연히 나무를 만나는 맹구우목(盲龜遇木) 설화처럼, 복된 인연을 만나면 최선을 다해 돕고자 대민서비스 직업을 가지게 된 것이다.

100년에 한 번 바다에서 올라와 숨쉬기 위해 나무 구멍에 머리를 넣는 바다거북처럼, 그렇게 만난 소중한 인연을 돕기 위해서였다.

하지만 가끔은 그런 인연들이 두렵고 지긋지긋하게 여겨졌다.

그때, 문자가 왔다.

- 주무관님, 마지막으로 이야기를 하고 싶어요. 정말로 마지막입니다. 한 번만 저희 집에 와 주세요. 밖에서 얘기하기 어려운 저의 사정을 말씀드리고 싶어요. 정 둘이 만나는 게 걱정되시면 핸드폰으로 촬영을 하셔도 좋습니다. 만약 안 오시면 저는 더 이상 삶을, 살아갈 희망을 잃을지도 모릅니다.

성민은 마음이 무거웠다. 잠을 설치고 다음 날 출근해, 같이 근무하는 자원봉사자에게 사정을 말하고 같이 가기로 했다. 고립 위험 가구에 찾아가는 라이프키퍼 자원봉사자로 이해주의 집도 이에 해당되는지 같이 가서 들여다보기로 했다. 성민은

244

안심했다.

라이프키퍼는 도시가스 미납하는 분, 몸이 불편한 채로 혼자 사는 분, 정신질환을 겪어 민원이 발생하는 분들을 정기적으로 찾아가는 자원봉사자로 1인 가구의 위험도를 판단해 정부의 지원을 요청하는 분들이었다. 구청 행정과 복지의 일에 누구보다 적극적이고 안정적인 도움을 주는 분들이었다. 그분과 만나 같이 가기로 했다.

성민은 이해주와 만나기로 한 약속 시간 직전에, 엘리베이터에서 내리는데 전화를 한 통 받았다. 같이 가주기로 한 라이프키퍼였다.

"주무관님, 정말 죄송합니다. 제가 담당한 민원인 중 한 분이 갑자기 응급실에 가야 될 일이 있어 동행하기로 했습니다. 오늘 방문 날짜 뒤로 미루었으면 합니다."

성민은 일단 알겠다고 하고 전화를 끊었다. 해주의 집 앞에서 망설이는데 아파트 문 너머로 아기 울음소리가 크게 들렸다. 성민은 하는 수 없이 걱정되는 마음에 일단 벨을 눌렀다.

잠시 후, 울음이 그치고 문이 열렸다. 해주가 초췌한 모습으로 아기를 품에 안은 채 문을 열었다. 눈에 걱정스러운 눈빛과 눈물이 고여 있었다. 성민은 마음이 약해지면서 일단 아파트 안으로 발을 들였다.

"주무관님, 죄송했습니다."

해주는 다연을 아기 침대에 재워놓고, 식탁에 성민과 마주 앉았다. 자그마한 등이 들어왔다 나갔다 했다.

"형광등이 나가려 해요."

"하실 말씀이 있다는 게……."

"죄송해요. 이 말을 전해드리고 싶었어요……."

잠시 침묵이 있었다. 해주는 입술을 깨물었다.

"남편이 집을 나가고 너무 힘들었어요. 엄마도 몸이 불편해 요양원에 계시고 저 혼자 아기를 보는 게 너무 힘들었어요……. 사실, 우울증약도 복용 중단했고 안정적인 상태가 아니었어요. 너무도 외롭고 해서, 채팅하다 알게 된 사람도 함부로 따라가 기도 했어요. 내 마음이 왜 이럴까 싶었어요. 아이 아빠가 필요한 건 아닐까 생각도 해봤지만 그것보다 너무도 외로웠어요. 이 세상에 나 혼자 태어나 버려진 느낌, 그런 생각에……."

성민은 묵묵히 들었다. 정말 힘든 사람은 말을 들어주기만 해도 그 고통이 반감되었다.

"그러다 주무관님을 만나고, 도움을 많이 받고 해서 그만 제가 혼자 망상을 했나봐요……. 이 정도의 분이면 다연이의 아빠가 되어도 좋겠다 하고요. 그런데 이제는 그런 생각하고 함부로 한 게 주무관님께 너무 죄송해서요."

"그런 힘든 일이 있으셨군요. 많이 진정되었기를 바랍니다."

윗집에서 은은한 피아노 소리가 흘러나왔다.

이루마의 〈River Flows In You〉이다.

"가끔 이 시간에 흘러나와요."

해주는 애상에 젖은 얼굴이 되었다.

"과거로 돌아가면 다시는 결혼하고 아이 낳고 이렇게 살지 않을 거예요. 대학도 제대로 다니고, 직장도 찾고 그렇게 멋지게 살 거예요. 주말에는 교외로 친구들과 여행도 다녀오고요. 주무관님은 그렇게 사시죠?"

성민은 미소를 조금 띠면서 고개를 저었다.

"아뇨. 늘 일에 치여 그런지 주말에 잠만 자요. 과거로 돌아가도 그럴 것 같구요."

"저도 그럴 거 같아요. 직장 다니다 다연이 아빠 만나고 갑자기 임신이 되어 결혼했지만 이렇게 되었어요. 과거로 가도 똑같겠죠?"

잠시 침묵이 흘렀다.

해주는 망설이다 입을 열었다.

"부탁 하나 드려도 돼요?"

"말씀해 보세요."

"다연이에게 아빠를 만들어줄 때까지만 제가 의지할 수 있게 도움을 주시면 안 되나요?"

성민은 잠시 생각했다. 그러고 나서 고개를 천천히 저었다.

"다른 분이 담당하실 겁니다."

"저를 못 믿으시는 건가요? 이렇게 인간 대 인간으로 부탁을 하는 건데요? 사회복지사님이 그러시면 안 되잖아요? 공무원이 민간서비스를 이렇게 하면 안 되잖아요."

성민은 달래듯이 말했다.

"불편한 마음이 듭니다. 저는 다연이에게 아빠 대신이 될 수도 없고, 특정 한 주민분과 사이가 친해져 편의를 봐줄 수 없습니다. 이해해 주십시오."

해주의 눈빛이 떨렸다.

"특.정.한.주.민? 내가 주무관님에게 그 정도밖에 안 되었나요? 특정 한 주민?"

성민은 해주의 눈빛이 순식간에 새까매지는 걸 보았다. 흥분하기 전에 저 눈빛을 보이는 사람이 많았다. 눈이 홱 뒤집어진다는 표현은 이럴 때 맞을 것이다.

"진정하십시오. 다음에 다른 분이 방문할 겁니다. 그 말씀을 드리기 위해 왔습니다. 그럼 이만."

성민은 일어나서 돌아섰다. 무슨 봉변을 당할지 몰랐다. 애초에 아이 울음소리가 들린다고 들어오는 게 아니었다. 라이프키퍼 자원봉사자와 같이 나중에 왔어야 했다.

해주는 소리를 버럭 질렀다.

"가지 말아요! 왜 사람 말을 못 믿고 그래요? 내가 주무관님을 귀찮게 하는 거 아니잖아요! 달라진다고요. 귀찮게 안 한다구요!"

해주는 그대로 달려가 신을 신고 문을 나가려는 성민을 붙들고 그의 코와 입에 호신용 스프레이를 뿌렸다. 성민이 재채기가 나오고 눈을 못 뜨는데, 그대로 해주가 성민의 입과 코를 손수건으로 틀어막았다. 오래 전에 알바를 하던 동물병원에서 몰래 가져온 마취제였다.

그때 집안이 불우해 비관하던 시절이었다. 그걸 마시려 했지만 차마 못 마시고 보관을 하던 거였다.

해주는 몸이 늘어진 성민의 바짓자락을 붙들어 거실로 끌고 들어왔다. 그리고 손가락을 물어뜯으면서 왔다갔다하다가 성민의 폰이 울리자 당황했다.

하지만 이내 곧 꺼졌다. 폰을 들어 보자, 라이프키퍼 성미연이라고 적혀 있었다.

"성미연? 누구지?"

해주는 고민을 하다가 그대로 노끈을 가져와 성민의 손과 발을 묶고 일단 엎드리게 해놓았다.

다연이 깨서 옹알거리는 소리가 들려 아기방으로 갔다.

"응-애 응-애."

"다연아, 엄마 왔어. 놀랐어? 왜 그랬어? 누가 놀래켰어? 괜찮아. 밥 줄까?"

해주는 젖을 물려주었다. 다연에게 젖을 주면서 낮게 중얼거렸다.

"다연아, 어쩌면 너에게도 아빠가 생길지 몰라."

한편, 아정은 노래방과 카페, 학원이나 헬스클럽 등이 같이 입점한 다목적 6층 건물 앞에 주차를 하기 전에 잠깐 멈춰 있었다. 영상에 나온 편의점이 1층에 바로 있다.

아정은 얼른 주차하고 편의점으로 들어갔다.

"어서 오세요."

아정은 프런트로 가서 신분증을 보이고 용의자 영상 캡처한 걸 보이고 질문했다.

"이 여자분, 혹시 여기 자주 오시는 분 아닌지 봐주세요. 영상에 이 편의점으로 들어갔다가 나왔는데요."

뿔테안경을 낀 직원이 고개를 끄덕였다.

"아, 알 것 같아요. 우리 편의점에서 곧잘 밤에 단백질 든 프로틴 음료수 많이 사가던 분이에요, 그런데 요즘은 안 와요."

"이분이 편의점에 자주 왔다고요?"

"네, 맞아요. 기억나요, 음료수 똑같은 거 10개 번들로 사갔거든요."

"여기 어디 근무하거나 집이 이 근처일까요?"

직원은 아정의 질문에 똑바로 보면서 말했다.

"혹시 여기 헬스클럽 다니는 분 아닐까요?"

"네?"

"지하에 대형 헬스클럽이 있어 보디빌더들이 프로틴 음료수 자주 사가서 우리도 많이 가져다 두었거든요. 이 여자분도 자주 사갔어요. 이걸 트레이너가 추천한다면서요."

직원은 음료수 진열대를 가리켜 보였다.

"잘 알겠습니다."

아정은 얼른 편의점을 나와서 지하로 향하는 에스컬레이터에 올랐다. 대형 헬스클럽에서 힙합 음악이 흘러나오는데, 회원들이 운동하고 있고 근육질의 트레이너들이 개인 레슨을 하고 있었다. 아정이 두리번거리자 덩치가 큰 남자가 다가와 정중하게 물어보았다.

"헬스클럽 둘러보러 오셨나요? ○○헬스클럽의 관장입니다. 안내를 원하시면, 제가……"

"아, 아닙니다. 저는 누굴 좀 찾고 있는데."

"네?"

"여기 사진 좀 봐주세요. 이분이 이 헬스클럽에 다녔는지 알아보려고 왔습니다."

헬스클럽 관장은 아정의 경찰 공무원 신분증을 보고 이맛살을 찌푸렸다.

"글쎄요. 대체 무슨 일이시죠?"

"부탁드립니다. 아직은 사건을 정확하게 말씀드리기 그렇지만 저희가 찾고 있습니다."

관장 뒤에서 회색 레깅스 위에 딱 붙는 요가복을 입은 긴 갈색머리 여자가 사진을 보러 가까이 다가왔다.

"그게 저, 그분, 제가 가르쳤던 회원분 맞는 것 같아요."

"네?"

탄탄한 체격의 여자 트레이너가 앞으로 나섰다.

"해주님 맞아요. 저와 나이가 같았고, 제가 PT 두 달간 가르쳐 드렸어요."

헬스 트레이너는 걱정스러운 얼굴로 물었다.

"그분, 무슨 일 있는 거 맞죠?"

"아직은 모릅니다. 이름이 어떻게 된다구요? 여기 회원 신청서에 나온 연락처 볼 수 있을까요? 사안이 시급해 그럽니다."

헬스클럽 관장이 서류를 찾는 사이, 여자 트레이너와 아정은 면담을 가졌다.

"3개월 전에 제가 개인 레슨 해드린 분이예요."

"왜 무슨 일이 있을 거라고 여기는 거죠?"

"저 사실, 처음에는 나이 대도 비슷하고 말도 잘 통하고, 운동도 잘 따라왔거든요. 그런데, 개인적으로 톡을 자주 보내고 그래서 조금은 부담됐어요. 사실은 식단도 제가 체크해드리고, 가끔은 무슨 무슨 단백질 식품을 먹고, 관리를 해라 톡을 드리지만, 너무 일상적 톡을 주셔서 조금은 그랬어요. 그리고 계속 밤 10시 이후에만 시간이 난다고 해서 제가 주간 근무조라서,

혹시 주간으로 바꾸시는 게 어떻겠느냐고 물었더니 그건 곤란하다고 하면서, 아기가 있다고 하셨어요."

"네? 아기가 있다구요?"

"네. 그래서 밤에 재워놓고 온다고……. 그런데 저도 조카가 있어서 아는데 아기 혼자 놔두고 오는 거 위험하지 않나요? 마음에 너무 부담되고 자꾸 밖에서 식사하자고 해서 두 번은 같이 먹었는데 불편하고 그랬어요."

"왜 그랬을까요? 그분 집 어디인지 아시나요?"

"집은 모르겠고. 아기 이름이 다연인가 그랬는데, 사진도 보내주고 그랬어요."

트레이너가 내미는 아기는 방긋 배냇짓으로 웃고 있었다.

"저를 뭐, 연인같은 특별한 감정으로 대하지는 않았지만……. 것보다는 좀 심리적으로 불안정해서 다른 사람에게 많이 의존하려는 그런 느낌? 저도 고등학교 때 그런 친구가 있어봐서 아는데, 그런 생각이 들어요. 그게 불편하더라구요. 고등학교 때 그 친구 때문에도 마음 고생했거든요."

이때 관장이 다가왔다.

"여기, 주소가 나와 있습니다. 그런데 이런 거는 영장을 가져와야 되는 것 아닙니까? 형사님."

"부탁드립니다. 사안이 시급해서요."

아정은 관장이 내미는 회원 명부의 주소와 전화번호를 사진으로 찍었다.

여자 트레이너는 헬스클럽을 나가려는 아정에게 다가와 당부했다.

"그분 도와주세요. 뭔가 사정이 있을 거예요."

"알겠습니다. 이만."

아정은 헬스클럽을 나와서 얼른 차를 뺐다. 멀지 않은 곳이었다.

진짜 아기 엄마라니, 놀라웠다. 회원 명부의 사진은 20대의 앳된 얼굴이었다. 다만, 파리한 얼굴에 생동감이 없어 보였다.

아정은 헬스클럽에서 받은 주소지를 향해 속력을 냈다. 5분 지나 도착했다.

재건축을 기다리는 오래된 아파트 단지에 들어서서 1단지를 찾았다. 11동으로 향했다.

건물에 들어서서 엘리베이터로 갔다. 누군가 잡아놓았는지 12층에서 멈춘 엘리베이터는 내려오지 않았다.

1009호 10층이다. 이해주가 사는 집은. 아정은 계단으로 이동했다. 9층에서 10층으로 올라가는데 전화가 울려서 받았다.

"네, 과장님."

여청과 과장이다.

"강 형사, 모텔 살인사건 용의자 잡혔어."

"네? 범인 잡혔다고요?"

아정은 놀라서 폰에 얼굴을 가까이 댔다.

"감식팀이 다시 재감식해서 쪽지문을 검출해서, 신원 파악해서 불러다 물어보니 범행을 실토했어."

"그럼 모텔 살인사건은 범인이 검거된 거는 맞는 거죠?"

"응, 이름은 이호선, 나이는 30세. 여장을 하고 앱에서 남자를 찾아서 같이 모텔 방에 들어가 뭔가 뜻이 안 맞았는지 돌변해서, 같이 들어온 남자에게 강도 행각을 하다가 범행을 한 거야. 이제 이 사건은 종료됐어."

아정은 뭔가 석연치 않은 얼굴이었다.

"알겠습니다. 하지만 한 군데 더 찾아가 볼 곳이 남아 있습니다. 거기만 들렀다 가겠습니다. 그리고 강무선에게 전화해 같은 범인인지 확인도 해보겠습니다."

"알았네, 강 형사."

아정은 얼른 강무선에게 전화를 걸었다. 복도를 걸어서 1009호로 가는 중이었다.

한참 신호가 가다 뒤늦게 강무선이 전화를 받았다.

"강무선 씨?"

"네, 형사님. 왜 또 귀찮게 하십니까?"

"강무선 씨 사고당한 모텔 근처에서 또 다른 사건이 벌어졌다고 말씀드렸죠. 범인을 잡았습니다. 지난번에 강무선 씨 칼로 찌른 여자분 말이죠, 그분 혹시 여장한 남자분이었습니까?

같은 가해자인지 확인차 전화했습니다."

"아뇨. 여자는 확실했고요. 거참 앞으로 귀찮게 하지 않는 조건으로 사실을 말씀드리죠. 그냥 제가 자해한 겁니다. 그 여자, 방에 들어올 때는 엉겨붙다가 갑자기 아기 아빠를 구한다느니 그런 개같은 헛소리를 하고 또 내가 어떻게 좀 해볼라니까 화악 밀치고 그랬어요. 그래서 오해가 있을까봐 내가 먼저 신고한 겁니다."

"네? 대체 무슨 말씀이시죠?"

"성폭행 무고죄로 뒤집어씌워서 고소하는 그런 꽃뱀인가 싶어 내보내고 제가 자해해 일단 신고를 한 겁니다. 그러니 다시는 연락하지 마세요. 아시겠죠? 뭐 그 여자가 저 고소 안 하면, 자해로 무고한 것도 죄는 아니잖습니까?"

아정은 어이가 없었다.

1009호 문 앞, 이해주의 집에 도착하자마자 강무선이 전화를 일방적으로 끊었다. 아정은 잠시 고민했다. 서로 복귀하려 했다.

발걸음을 돌리려는데 안에서 소리가 났다.

아이가 우는 소리이다. 아정은 의아하다가 아이가 울음을 멈추지 않자 잠시 고민했다.

무슨 일이지?

아정은 벨을 눌렀다. 안에서 응답이 없었다. 아정이 돌아서

려는데, 헬스 트레이너가 '그분 도와주세요.' 했던 말이 불현듯 떠올랐다.

아정은 다시 벨을 눌렀다. 딩동 딩동 딩동.

문이 살짝 열리고 20대의 여자가 얼굴을 밖으로 조금 내밀었다.

그 여자다. 영상에 나온 지금껏 쫓던 여자. 하지만 범인은 아니다.

"아이가 울음을 그치지 않아 저, 저 아래층에서 왔습니다."

해주는 고개를 갸웃했다.

"아래층 사는 분 아니잖아요?"

아정은 고민했다. 거짓말이 들통났다. 하는 수 없었다. 신분증을 보였다.

"저 죄송합니다. 형사입니다. 모텔촌에서 일어난 사건을 수사하다가 여기까지 왔습니다. 강무선이라는 남자분이 스스로 상처를 내고 경찰에 신고한 사건이 접수됐는데 자작극으로 밝혀졌습니다. 혹시 그분이 따로 피해 준 적이 없는지 조사하러 왔습니다."

아정은 자세하게 사건을 말해주었다.

아정은 아이의 울음소리가 그치지 않는 걸 들으면서 순간 불안했다. 이상한 촉이 왔다.

"아무 일 없고, 그런 사람 몰라요. 아기가 우는데 이만……."

아정은 닫히려는 문에 발을 턱 걸쳤다.

"집 좀 봐도 되겠습니까?"

촉은 확인해야 한다. 분명히 위급한 상황일지 모르고 아동 학대라면 신고하는 게 의무다.

"아니 대체 왜요?"

"아이 상태를 보고 가겠습니다."

"그러실 필요가. 저 거 뭐냐, 수색영장 같은 거 그런 거 영화 보면 보여주던데, 신분증도 가짜일지 모르고. 안 돼요! 돌아가요!"

해주의 분노에 찬 반응에 아정은 더욱 이상한 일이 있을 거라 직감했다. 여기서 이대로 돌아설 수도 있다. 그리고 아무 일 없을 수도 있고 실제도 그런 일이 빈번하다. 하지만, 만에 하나 그냥 돌아서서 갔는데 사람이 죽어나갈 수도 있다. 그럴 때 경찰들은 엄청난 자책감에 빠진다.

"부탁입니다. 집을 보고 가겠습니다."

"안 된다니까!"

해주는 문을 쾅 하고 일방적으로 닫았다. 아정은 홀로 어두컴컴한 복도에 남겨졌다. 문을 따고 들어갈 수는 없다. 아정은 다시 엘리베이터로 돌아가려는데, 복도로 열린 1009호 창으로 끄끙대는 신음이 났다. 분명히 사람이다!

아정은 열린 창을 밀어 몸을 올렸다. 방범창이 없어 들어갈 수 있었다.

무단침입으로 경고를 먹을 수도 있다. 하지만 들어가 뭔가를 해야 한다.

나는 경찰이다. 지금 든 직감은 들어가 무언가를 해야 한다는 걸 가리킨다.

아정은 창문으로 비집고 들어가 그대로 싱크대를 밟고 부엌 바닥으로 조심스레 내려섰다.

어두운 거실 바닥에 어떤 사람이 쓰러져 있고 끙끙댄다.

아정은 폰을 꺼내 경찰서로 걸면서, 바닥에 쓰러진 사람에게 다가가 얼굴을 보면서 확인했다.

"괜찮으세요? 저는 강동경찰서 강아정 형사입니다."

이때 해주가 아아아아악! 소리를 지르면서 손에 대걸레 막대기를 들고 아정에게 덤벼들었다. 아정은 반사적으로 해주를 피하면서 그녀의 두 손을 잡아서 막았다.

"이러시지 마세요!"

해주는 흥분하면서 비명을 질렀다.

"다 한통속이야. 뭐? 경찰? 거짓말. 날 잡으러 온 나쁜 놈. 사기꾼. 아무도 못 믿어. 우리 아기 내가 지킬 거야! 이 악마들. 도깨비. 저승사자들아. 저리로 가 훠어이 훠어이."

아정은 직감적으로 이 여자가 단단히 정신이 나갔다는 걸 알았다. 지원이 와야 한다. 혼자서는 힘들다.

"제발 정신 좀 차리세요!"

"저리 가! 내 집에서 나가!!!!"

흥분해 길길이 날뛰는 해주는 갑자기 아기방으로 뛰어들어가 순식간에 아기를 안고 베란다로 나갔다. 응애응애 자지러지는 소리. 어둠 속에 공포감과 불길함이 가득했다.

등골에 소름이 돋았다.

찢어지게 우는 아기 그리고 해주. 걱정스러운 눈으로 다가가지 못하는 아정.

"다, 다, 다 죽으면 끝나……."

해주는 다연을 베란다 아래 끝없는 어둠 속에 슬슬 내민다. 아정은 숨이 막히고 힘들었지만 천천히 정신을 가다듬었다. 달래야 한다. 아기를 살려야 한다.

"그, 그러지 마세요! 제발. 우리가 도울게요. 아기……, 제, 제발 내려놓아요."

아정은 성민이 누워 있는 거실을 돌아가듯 천천히 한 발자국씩 베란다로 옮기면서 사정했다.

발이 바닥을 스치는 소리가 사삭 났다.

"오, 오지 말아! 다연이랑 나 같이 죽을 거야. 나한테서 다연이 뺏어가면 같이 죽어버릴 거야! 저리 갓!"

해주는 다연을 든 손을 베란다 밖으로 내밀어 아기를 떨어뜨리려 했다. 아기가 울음을 더욱 세게 터뜨리고 아정은 귀를 막았다. 고통스러웠다. 하지만 정신을 차려야 했다. 이 위기를 극복해야 했다.

경찰로서 위기에 처한 아기를 구해야 한다.

아정은 정신을 가다듬었다.

"차분히 말을 해봐요, 우리. 제발요. 도울게요, 제가."

해주가 갑자기 마음을 풀고 약해진 모습을 보인다.

"서, 성민 씨 죽었어요? 흐흑흐흑."

"누, 누구요? 바닥에 누운 분이요?"

"그, 그래요, 주무관님. 흐흑흑."

해주는 잠시 진정하면서 물어봤다. 베란다로 내민 다연을 든 손이 부들부들 떨렸다.

"아뇨. 괜찮아요. 기절한 걸 겁니다. 소리를 조금씩 내고 계세요. 어서 이리로 오세요."

"아, 안돼. 감옥에 못 가. 다연이랑 떨어지면 죽어버릴 거라니까."

"그, 그 맘 알아요. 제발 진정해요."

"엄, 엄마야? 아기 있어? 니가 어떻게 알아?"

"아뇨. 하지만 저희 엄마가 저를 아빠 없이 기르느라 고생하셔서 그 맘 알 거 같아요."

해주의 눈빛이 일그러지면서 눈물이 줄줄 흘러내렸다.

"아빠 없이 어떻게 경찰이 됐어……."

"될 수 있어요. 우리가 도와드릴게요. 제발 진정하고 이리로 오세요."

아정은 말로 달래면서 아주 조금씩 베란다로 향했다. 어둠 속에 달빛과 가로등 불빛이 열린 커튼 안으로 비집어 들었다.

해주는 서서히 온몸에 힘이 빠지면서 손이 풀리려는데, 아정은 재빨리 아기를 낚아챘다. 해주는 무너지면서 오열했다. 그리고 정신을 잃은 듯 그대로 바닥에 누웠다.

아기가 쨍하게 울며 경기하듯 부르르 떨었다. 진정시켜야 한다.

아정은 윗옷 단추를 열고 속옷을 끄집어내려 가슴을 물렸다. 아기가 아정의 젖꼭지를 힘차게 빨았다. 생명력이 느껴졌다.

아정은 젖을 문 아기를 내려다보면서 눈에 눈물이 어렸다. 엄마가 자기에게 이렇게 젖 물렸을 과거 기억이 어렴풋이 떠올랐다. 다섯 살, 아빠 장례식 날. 빈 젖을 찾아 스며드는 자신을 밀치면서 아이처럼 변해버렸을 엄마. 남편 잃은 설움에 엉엉 울었을 엄마.

지금 자신과 같은 나이에 젊은 과부가 된 엄마. 얼마나 힘들었을까.

'엄마, 미안해.'

아기는 젖을 한참 빨다가 그만 잠이 들었다. 정신을 차린 해주는 마음을 수습하고 아정에게서 다연을 받아들고 꽉 껴안았다.

저만치, 성민이 천천히 일어나고 있었다. 아정은 한숨을 크게 쉬고 폰을 들어 지원을 요청했다.

　"다 잘될 겁니다. 우리가 다 같이 도와드릴게요. 혼자서 떠안지 마십시오. 이해주 님."

　아정은 해주에게 다가가 모녀를 감싸 안았다.